인생을 실험하는 목적과
그 필요성에 관한 연구

이 논문을 인생박사학위 논문으로 제출함

이 나 무

지도교수 이나무(나 자신)

이나무의 인생박사학위 논문을 인준함

20   년   월

위원장_____㊞

위원 _____㊞

위원 _____㊞

그린 유니버시티 대학원 위원회

Lab Report

실험명

실험이 땡긴다

실험목적 바들바들 공무원 퇴사 감행기

실험자

이 나 무

🧪 실험 02. 인내실험 /코로나 라이프

> **가설** 참고 미루다 인생이 끝날 것 같으니
> 인생 실험을 서둘러야 한다

🧪 실험 03. 사회실험 /조직생활_회사와 인간관계

> **가설** 사회생활과 인간관계는 본디 어려운 것이다

🔺 실험결과 /에필로그

🔺 부록

🔍 인생 실험 보고서 피드백이 필요하다면 전자우편으로 보고서를 보내주세요

주의할 점

일러두기

- 실험하기 전에 장소와 준비물 등을 미리 점검하고 인생 실험 계획서를 작성하여 실험 목적을 명확히 한다.

- 실험 순서를 정하고 꼼꼼히 읽은 후 하나씩 차근차근 실행해본다.

- 해보지 않은 경험, 만나보지 않은 사람을 만나는 것에 대해 무작정 두려워하지 않는다.

- 위험한 실험 도구나 준비물들을 사용할 때에는 부모님이나 주변 지인들에게 미리 도움을 요청한다.

- 실험할 때는 진지하게 임하고 장난치지 않는다.

- 실험이 끝난 후에는 시간을 충분히 두어 고찰하며 실험 결과를 정리하고 깨끗이 뒷정리를 한다.

- 실험 결과 보고서를 작성하여 잘 보관하며 이따금 꺼내어보는 시간을 갖는다.

실험적 배경

프롤로그

인생에도 실험이 필요하다

프 롤 로 그

　　초고속 무한 경쟁 사회에서 지친 마음을 잠시 달래기
위한 휴식을 결단하기까지의 스토리를 담은 『초록이 땡긴
다』 를 세상에 내어 놓고 나는 정말 휴식기를 가지려 했다.
『초록이 땡긴다』 는 초록 출구를 찾아 떠나는 마음과 그
여정을 담은 내용의 책이다. 휴식이라 함은, 머물던 곳을 떠
나 새로운 곳으로 가보는 것이었다. 그 결정의 시기는 얄궂
게도 코로나19 팬데믹과 딱 맞물렸다. 결단의 마음을 다 잡
아보려 책까지 썼건만 나는 머물렀던 곳에 여전히 머물고 있
었다. 아직 떠나지 못하고 휴식하지 못한 그 2년의 시간을
다시 이 책에 담았다.

　　『초록이 땡긴다』 를 집필할 때만 해도 앞으로 내 인
생은 살아왔던 방식과는 다른 변화가 있을 것이라 확신했
다. 무모했지만 도전해보고 싶었다. 운명은 작정하고 나를

방해할 셈이었는지 삶에서 단 한 번 내어 본 큰 용기를 무력하게 만들고 '코로나 대응 비상근무'라는 원치 않는 선물을 떠안게 했다. 그만두려 했던 회사에서, 그만하고 싶었던 일을 몇 배로 더 하게되었다. 이렇게 살다가는 건강수명이 줄어들어 코로나바이러스에 감염되지 않고도 생을 다 할 수도 있겠다는 생각까지 들었다.

코로나 바이러스와 동고동락하는 동안에도 글쓰기를 멈출 수 없었다. 내 마음을 알아주는 이는 나자신 밖에 없었고, 자신과의 대화 끝에는 언제나 글과 책이 있었다. 멈춤과 새로운 도전을 해보겠다는 결심 후, 뜻밖의 코로나19의 훼방으로 제자리에 서서 공회전 해야했던 시간과 그럼에도 불구하고 시도했던 의미있는 경험들을 기록으로 남겼다.

코로나19를 경험한 우리 모두에게는 저마다의 조금은 아픈 스토리가 남았다. 나 역시도 '휴직 그리고 쉼과 도전'을 결심한 시기에 찾아온 코로나 사태가 원망스러웠다. '왜 하필 지금, 나에게?'라는 물음을 수도 없이 던졌지만 이 스토리의 끝은 부디 해피엔딩으로 내가 결정하고 싶었다. 코로나 '때문에' 일어났던 일들 뿐 아니라 '그 덕분에' 일어난 일들도 있어, 이 책을 쓸 수 있게 되었다.

예고 없이 찾아온 대혼란의 환경 속에서 모색했던 다른 삶의 노선과 경험들을 공유할까 한다. 겁쟁이 쫄보이자 스탠다드 인생의 대명사인 나에게는 색다른 도전이었고 대견스럽게 생각했던 일들로 인해 누가봐도 안정적인 인생을 실험대 위에 올려놓게 되었다. 삶에서 새로운 실험이 필요한 모든 이들에게 나의 이야기가 현실적이지만 동시에 따뜻한 공감과 위로의 토닥임이 될 수 있기를 바란다. 또한 이 책이 나 스스로에게도 한 발 한 발 용기 있는 발걸음이 되기를 기대한다. 🧪

"이 스토리의 끝은 부디 해피엔딩으로
내가 결정하고 싶다"

01. 재능실험

새로 만난 세계

가설 내가 가보지 못한 세계는 무궁무진 할 것이다

여전히 제자리

아무래도 회사형 인간은 아닌 것 같다고 느꼈다. 내가 어떤 사람인지, 어떤 일을 하며 살면 좋은지 고민과 실험의 시간이 필요하다고 판단했다. 잠시 멈춰, 새로운 환경을 경험하기로 결심했다. 퇴사든 휴직이든 회사 밖을 나가 있고 싶었다. 고심 끝에 회사에 '퇴사하겠다'는 의사를 밝혔다. 회사 측에서는 갑작스러운 나의 통보에 적지 않은 충격을 받고 만류하며, 퇴사보다는 우선 휴직을 해보는 것이 어떻겠냐며 시간을 가질 것을 제안했다. 회사의 배려로 나는 곧 휴직할 예정이었다. 앞만 보고 달리던 길에서 방향을 틀고자 어렵게 마음먹은 나의 결정과 다짐을 굳건히 하기 위해 결심의 기록을 담은 책까지 만들고 출간했지만, 난 결국 멈추지 못했고 떠나지도 못했다. 이번 장애물은 나 자신도, 그 누구도 아닌 '코로나바이러스'였다.

바이러스로 인한 감염병 전파가 전례 없던 일은 아니어서 '이러다가 말겠지. 곧 끝나겠지.'라고 생각했다. 인간은 바이러스를 금세 몰아낼 수 있고 다시 일상을 되찾는 건 시간문제라고 속단했다. 그런 나를 비웃듯 코로나바이러스는 거듭 변이를 만들며 당당히 위세를 떨치고 있었다. 이 무슨 운명의 장난인지 나는 '감염병 검사'를 전담하는 회사에 몸담고 있다. 팬데믹 상황에 접어들며 회사는 전쟁통이 따로 없었다. 긴급상황에 일손 하나가 궁한 판국에 '휴직하겠다'는 말을 차마 입 밖으로 꺼낼 수는 없었다. 더군다나 휴직하더라도 계획했던 일들을 실행할 수 있는 상황도 아니었다. 검사 체계를 잡을 여력도 없이 검체 의뢰는 줄줄이 밀려들어 왔고 마침내 전국, 전 세계가 셧다운되었다. 나의 휴직도 반 포기 상태가 되었다. 모든 것은 코로나19의 성공적 방역에만 집중되었다.

'ALL STOP!'

바이러스를 적으로 하는 세계 대전에 비견할 만한 상황이었다. 숨 돌릴 새도 없이 들이닥치는 대로, 되는대로 밀려드는 업무를 정신없이 쳐낼 수밖에 없었다. 밤샘 근무를 하고 다음 날은 잠으로 체력을 보충하는 똑같은 패턴의 생활이 이어지며 시간은 잘도 흘렀다. 회사에 휴직계를 내고 그 이후에 하려고 계획했던 대부분의 일들은 할 수 없었고, 코로나19 업무 외에는 어떤 것도 꿈꾸지 못했다. 영화에서나 일어나던 일 아닌가. 거짓말 같았지만, 현실을 직시해야 했다. 나는 내가 열심히 일을 하면 코로나 종식에 작은 힘이나마 보태어져 일상 회복을 앞당길 수 있으리라 믿었다. 태어나 가장 강도 높은 노동을 하며 하루빨리 계획한 일들을 할 수 있는 날이 오기를 기다렸다. 주어진 상황을 어떻게 받아들일지는 해석에 달렸다 했던가. 긴 휴식에 대한 결정이 무모했던 것도 사실이기에 좀 더 신중한 판단과 준비의 시간을 가져보라는 하늘의 뜻이겠거니 긍정하는 달관에 이르렀다.

국가에서는 긴급상황 해결을 위한 예산은 충분히 배정해 주었지만 실상 현장에 투입되는 인력은 턱 없이 부족했다. 나 한 명이 빠지면 나눠 짊어져야 할 짐을 동료들에게 줄 수 없었다. 나는 떠날 수 없었다. 이러지도 저러지도 못한 채 정신없이 주어진 일만 처리하며 그 자리에 여전히 머물렀다. '다음 달에는 끝나겠지.' 기대하며 버티는 생활을 동료들과 국민들과 전 세계인들과 함께 나눴다. 어떤 것도 확신할 수 없고 계획할 수 없는 내일을 향해 걷고 있었다.

나에게 '휴직'은 일종의 상징적인 의미다. 익숙한 환경에서 벗어나 여기의 '나'로부터 거리를 둔 채, 머릿속을 비우는 시간인 것이다. 그 시간이 한없이 유예된 채 흘러가고 있지만, 나에게 그 '쉼'의 과정이 꼭 필요하다는 생각은 아직도 유효하다. 비록 쉼의 시간은 유예되었지만, 절망 대신 또 다른 경험으로 메워본 그간의 이야기를 여기 시작해 보려다. 🔥

JEJU ISLAND

🔍 워케이션(Workcation)*

*단순한 여행이 아닌, 휴가지에서 휴가와 업무를 병행하는 원격 근무의 한 형태

Workcation

제주에서 일 해보기

"공간의 중요함"

O-PEACE!*

🔍 무민랜드 제주

"It is simply this:
do not tire,
never lose interest,
never grow indifferent
– never lose your
invaluable curiosity
and let yourself die.
It's as simple
as that. No?"

Tove Jansson, Fair Play

"무민의 말"

책 한 권이 만들어 낸 나비효과들

난생처음 책을 만들었다. 감히 작가라 불릴 일이 내 인생에 생길 거라곤 단 한 번도 생각해 보지 못했는데, 어느 날 갑자기 내 책과 필명을 가진 저자가 돼 있었다. 정신을 차려 보니 '내가 쓴 책'과 '필명'이라는 게 생겼다. 아마도 혼자였다면 해낼 수 없는 일이었을 것이다. 공저자인 친구가 있었고 의지를 다져주는 '책 만들기 프로그램'이 도움을 주었다. 물론 포기하지 않고 끝까지 해낸 나 자신도 기특하다. 그렇게 탄생한 책, 『초록이 땡긴다』가 독자들에게 전해지며 새로운 경험들이 이어졌다. 줄곧 학교와 회사만 다니던 나에게는 책 출간과 그 이후의 경험들은 너무나 신선했다. 덕분에 코로나 블루'코로나19'와 '우울감(blue)'이 합쳐진 신조어로, 코로나19 확산으로 일상에 큰 변화가 닥치면서 생긴 우울감이나 무기력증을 뜻한다도 비교적 잘 극복할 수 있었다.

● 도서전(북페어, 북마켓)

책 만들기 프로그램을 통해 책이 출간되자, 감사하게도 책을 소개할 수 있는 기회들이 자연스레 주어졌다. 책을 활용해 활동할 수 있는 기회를 얻었다. 그 첫 번째 기회가 북페어. 북페어는 정기 또는 비정기적으로 열리는 책을 판매하는 행사다. 프로그램에 함께 참여해 책을 만든 동기들과 부스를 만들고 내 책을 독자들에게 소개했다. 책과 더불어 직접 만든 소소한 굿즈들도 판매하였다. 내가 정성을 쏟아 만든 책과 굿즈를 관심 있게 봐 주시는 분들과 소통하는 재미가 쏠쏠했다. 책을 구매하며 '사인 요청'을 해오는 분들도 있어 기분이 묘했다. 책에 대한 질문을 주시는 분들도 있어 신나게 설명하며, 독립출판저자가 책을 직접 제작하여 판매하는 출판형태을 권유하기도 했다. 새로운 만남과 이야기로 나의 세계가 확장된 느낌이었다.

● 북토크

북토크는 책을 쓴 저자가 독자와 예비 독자를 초대해 책에 관한 이야기를 나누는 행사다. 북토크에는 종종 독자로 참석했지, 저자로서 진행하게 될 줄은 꿈에도 몰랐다. 내 책에 궁금증을 갖고 발걸음하는 분들을 생각하니 긴장이 되고 진행하는 내내 떨렸다. 북페어 때 보다 책에 대한 풍부하고 알찬 소개를 준비했다. 독자분들의 질문에도 답하며 다정한 소통에 큰 위로를 받았다.

● 책 유통

책이 나오면 집에만 고이 모셔놓을 수 없다. 책을 기획하고 집필할 당시만 해도 단순히 기록 또는 소장용 목적이 컸다. 일단 물성만 세상으로 나오게 해볼 셈이었다. 막상 많은 시간을 투자하고 공들인 책이 완성되니 선물을 하거나 판매를 해보고 싶어졌다. 독립출판물이다 보니 처음엔 독립서점_{특별한 컨셉을 갖고 책방지기의 취향대로 꾸며진 작은 서점. 책과 관련된 프로그램을 기획하여 운영하기도 한다}에 온·오프라인으로 입고 요청을 했다. 거절이 두려웠지만 일단 부딪혀보기로 했다. 장황하게 입고 요청 메일을 쓰는 것보다 입고 전단을 만들어 받는 분이 한눈에 책의 의도를 파악할 수 있도록 준비했다. 책방마다 색깔이 다르고 선호하는 주제의 책이 달라 『초록이 땡긴다』 의 입고 신청을 환영해 준 책방도 있고 거절하는 경우도 있었다. 직접 방문하거나 온라인 경로를 통해 책방에 입고 제안을 하는 것이 보통이었으나, 감사하게도 먼저 입고 요청을 해오는 곳도 있었다. 조금씩 자신감이 자라면서 온라인 대형서점과 플랫폼에도 책을 유통해 보았다.

서점 외에도 큐레이션 한 몇 종의 책을 커피와 함께 판매하는 카페와도 인연을 맺게 되었다. 그 인연으로 초청 강연, 원데이클래스, 북토크 등 여러 기회가 찾아왔다.

● 강의

제주에 '미니(mini) 영혼정화연수첫 책 『초록이 땡긴다』 에서 용기를 내 결단했던 휴식과 도전의 경험을 일컫는 말를 떠났다.

『초록이 땡긴다』 입고 요청을 수락해 준 서점들 중 제주에 있는 책방도 직접 둘러보고 책방지기님과 이런저런 이야기도 나누다 독립출판물 제작을 안내하는 워크숍을 진행해 보자는 제의를 받았다. 두려움과 걱정이 앞섰지만 공저자인 친구와 함께이기에 호기롭게 도전해 볼 수 있었다.

또한 도서관 '길 위의 인문학' 이라는 프로그램 중 <나의 글이 책이 되기까지>의 과정들에 대해 강의를 하기도 했다. 책을 매개로 독자를 만나는 것을 넘어 책 제작의 꿈을 가진 수강생들을 만나 나의 경험을 나눌 수 있어 뿌듯하고 감사했다.

● 번외 활동들

● ● 초록소소이벤트

평소에 자연을 좋아하고 마음과 일상의 초록에 관심이 남달랐기에 우선 내가 흥미 있어 하는 주제를 책과 함께 활용해 보기로 했다. 북페어 기간동안 책방을 통해 신청자를 받아 초록하고도 소소한 이벤트를 진행해 보았다. 자신의 초록 지수를 진단하고 초록 갈증을 해소하기 위한 가이드를 제안받는 작은 행사였다. 더불어 자연이 주는 치유의 힘에 대해서도 함께 이야기해 보는 자리가 되었다.

● ● 미니 영혼정화연수

현장 밀착형 작가토크 행사의 일환으로 작가의 공간에 독
자들을 초대하는 작은 이벤트도 있었다. 회색으로 물든 영
혼을 초록하게 정화한다는 명목으로 독자들을 모시고 명상
과 자연물을 활용한 드림캐쳐 만들기 등의 활동을 함께하
며 소박한 마음정화의 시간을 보냈다. ⚗️

"난생처음 책이라는 걸 만들었다"

초록의 전파 (feat. 에코힐링*)

---

* 산림청에서 발행하는 산림치유 전문 매거진
  초록빛 숲에서 누리는 치유와 기분좋은 힐링스토리

🔍 초록소소이벤트, 미니 영혼정화 연수*

🔍 초록소소이벤트, 미니 영혼정화 연수*

---

*단순한 여행이 아닌, 지친 영혼을 초록하게 만들고자 자체기획한 작당 연수

'현장 밀착형' 작가 토크

『초록이 땡긴다』

김숲·이나무와 함께하는
미니 '영혼 정화 연수'

✓ 일시: 2021.7.4.(일) 오전 9시 30분
✓ 장소: 그린 유니버시티 작업실 출발, 숲길 소풍
　　　(#산시 #운#구 달맞이)

참가비 무료　　준비사항 숲길을 걷기 좋은 옷차림

힘 빼고 책　　Simple Book Making Workshop

힘 빼고 책 쓰실 분 모집합니다.

스트레스와 부담을 내려놓고 심플한 책을 만듭니다.

Q '그린 유니버시티'의 시도

작업실이 생기다

　글을 쓸 때건, 작당모의를 할 때건 마땅한 공간이 없어 여기저기를 떠돌아녔다. 대도시 인프라에 갈 곳이 없었다면 거짓말이겠지만 회의와 작업을 할 수 있는 공간을 원했기 때문에 일할 곳이 마땅치 않았다. 조용하고 오래 머무를 수 있는 곳이 필요했다. 입맛에 맞는 곳을 찾았다 싶어 자주 방문하며 마음을 붙였지만 얼마 지나지 않아 폐업하는 일이 잦았다. 한적한 곳에 위치해 있기 때문에 찾는 손님이 아무래도 적어 오래 영업을 유지하기가 어려워서였으리라. 하는 수 없이 노트북을 싸 들고 유명 프랜차이즈 카페 한구석에 자리를 잡고 앉으면 자꾸 근처 손님들의 이야기 소리가 내 귀에 꽂혔다. 알고 싶지 않은 스토리가 의지와 관계없이 머릿속에 들어와 인상을 찌푸려지거나 속으로 웃기도 했다.

'차라리 들리는 말소리가 외국어라면 백색소음이 될 텐데'
라는 엉뚱한 생각까지 했다.

　코로나19 방역 지침으로 카페들이 정상적인 운영을 할
수 없게 되면서 더욱 갈 곳을 찾기 힘들어졌다. 고심 끝에
작업실을 구하기로 했다. 발품을 팔아 조용한 동네에 아주
낡고 오래된 원룸 아파트를 찾았고 더 이상은 저렴할 수 없
는 임대료로 계약했다. 30년 정도 된 공간이기에 그저 청
소만 해서는 살 수 없는 상태였다. 찌는 더위와 싸우며 두
팔을 걷어붙이고 셀프 인테리어를 시작했다. 온라인에서 많
은 사람들의 눈물겨운 셀프 인테리어 경험을 참고삼아 수
납장 시트지 바르기, 욕조 코팅하기, 천장 조명 바꾸기, 욕실
바닥 줄눈 시공하기, 전기 스위치 바꾸기, 수도꼭지 바꾸기,
방문 손잡이 바꾸기, 블라인드 달기 등을 서러움을 이기며
해나갔다. 저렴한 조립식 가구, 그림, 조명, 아기자기한 소품
을 들여놓으면서 어느새 쓸만한 작업 공간이 되었다. 이렇
게 탄생한 작업실을 '스튜디오'라고 불렀다. 내 집 마련을 한
거 마냥 뿌듯해하며 지인을 초대하기도 하고 가끔 밤샘 작
업도 했다. 마음 편히 식사도 만들어 먹고 커피나 간식을 먹
으며 즐겁게 일했다. 때로는 원데이클래스를 기획해 스튜디
오에서 진행하기도 했다.

늦여름부터 1년의 시간을 보냈다. 다시 찾아온 여름엔 유례없이 많은 비가 오랜 기간 내렸다. 스튜디오는 1층이었고, 복도와 이웃집에 물이 차는 날이 몇 번 지나더니 결국 그 영향으로 곰팡이가 곳곳에 생기기 시작했다. 모든 가구와 물건 구석구석에 퍼져가는 곰팡이로 키우던 식물과 보관하던 책까지 집으로 대피시키며 쓸고 닦고 온종일 제습기를 돌렸다. 그럼에도 불구하고 곰팡이는 강력했고 쉽게 사라지지 않았다. 고생스럽게 꾸며놓은 작업실이 곰팡이 배양실이 된 것 같아 속상한 마음을 이루 말로 표현할 수 없었다. 새로운 공간을 찾아봤지만, 조건에 맞는 곳을 금방 찾기는 어려워 일단 짐들을 모두 집으로 옮겨 두었다. 여기저기 놓인 물건 덕분에 집은 난장판이 되었고 복잡해진 이동 통로로 인해 한동안 가족들의 눈치를 봐야 했다.

되돌아보면 웃프지만 그때는 꽤 서러운 마음이었다. 그렇게 스튜디오는 여러 가지 추억을 남기고 사라졌다. 🏔

"집과 가깝고 월세가 감당되는 곳"

🔍 작업실의 탄생

셀프-인테리어의 정석

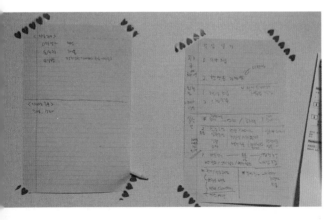

작업일지

작고 오래된 공간

많은 것을 선사해 준
소중한 작업실

생업과 본업 사이

　본의 아니게 두 가지의 일을 병행하게 되면서 각각의 일에 이름을 붙이게 되었다. 생계유지를 위해, 말 그대로 돈을 벌기 위해 하는 일을 '생업'으로, 아직 이렇다 할 수익을 만들지는 못하지만 일하면서 재미와 의미를 느끼게 해주는 일을 '본업'으로 나름 정의했다.

표1. 생업과 본업의 대차대조표

	생업	본업
노동시간 (시간투자)	장시간	단시간
수익률	높음	낮음
흥미	힘듦을 느낌	재미를 느낌
상호작용	조직화, 소속감, 현실적	비조직화, 비소속감, 비현실적
사회적 인식	인정 받음, 부연설명 필요 없음	인정 받지 못함, 부연설명 필요
결정권	회사(장) 마음대로	내 마음대로
그만두기	어려움	쉬움
사회적 명칭 및 인식	직장, 직업, 돈 되는 일, 먹고사는 일, 해야만 하는 일, 할 수밖에 없는 일	취미생활, 돈 안되는 일, 개인적인 의미가 부여되는 일, 하고 싶은 일

생업과 본업에 대한 나의 인식이 극명한 온도차가 있다 보니 마치 이중생활을 하는 듯 느껴졌다. 주중에는 회사 일을 하고 주말에는 창작 작업이나 관련 활동을 계속해 나갔다. 생업에 투자하는 시간과 에너지만큼 본업에 좀 더 열중할 수 있기를 바라 생업을 잠시 쉬거나 놓아보려 했다. 그때 회사 선배가 이런 말을 했다.

"돈이 없어서 생계 걱정을 하게 되면, 취미든 꿈이든 모든 것이 불가능해 질 거야. 동시에 세상이 암울해지지. 취미가 일이 되는 순간 생업의 특징을 가지게 돼."

아니라고 강하게 부정하고 싶었지만 부정할 수 없는 현실처럼 느껴졌다. 두려웠다. 생업을 할 때면 마음이 괴로워진 지 오래되었다. 단지 생계 때문에 ('단지'라고 하기엔 무거운 부분이긴 하지만) 일을 계속하기에는 버티기 힘들 만큼 지쳤지만 재정적인 두려움 때문에 내려놓지 못했다. 가진 것을 놓고 새로운 삶을 선택하든 여전히 머무르며 지친 상태를 회복할 방도를 찾든 둘 중 하나를 택해야 할 것이다. 어떤 쪽을 택하든 후회하게 될까 봐 갈팡질팡 이러지도 저러지도 못하고 있었다. 나만 이런 걸까?

"회사를 관두고 싶어."

"출근하기 싫어."

직장인 대다수가 스스럼없이 내뱉는 말이다. 특히 일요일 밤, 월요병에 시달릴 때마다 숱하게 자신을 달래며 출근한다. 또한 주변 어른들은 말했다.

"어디를 가나 사람 사는 건 다 똑같아. 일을 재미로 하는 사람이 어딨니? 일에서 재미를 찾는 건 어른스럽지 못한 행동이야."

정말 어디든 다 똑같은 걸까? 즐겁게 일할 곳은 과연 없는 걸까? 결국 해답은 찾을 수 없다 하더라도 적어도 나에게 맞는 답을 찾거나 만들어보려는 시도만큼은 해봐야 하지 않을까? 용기를 내보고 싶다. 🗻

"취미가 일이 되는 순간,
생업의 특징을 가지게 돼"

나만의 실험실 설립

독립출판물로 책이 세상에 나오니 활발히 유통을 해 보고 싶어졌다. ISBNInternational Standard Book Number은 국제표준도서번호를 뜻하는 용어로 국제적으로 표준화된 방법에 의해 전 세계에서 생산되는 각종 도서에 부여하는 고유한 식별기호다. ISBN은 출판사에서 제작한 책에 한해 발급이 가능하다. ISBN이 없는 독립출판물의 경우, 도서관이나 대형서점에서 취급할 수 없어 유통에 한계가 있다. 이런 한계를 해결하려면 출판사와 계약을 하거나 출판사를 직접 창업하는 방법이 있다. 하지만 단발적인 출판과 유통을 위해 출판사를 등록하는 건 유령회사가 되는 지름길이었다. 긴 시간 동안 저울질해 보고 고민했다. 미래의 지속 가능한 출판을 꿈꾸며 호기롭게 후자를 택했다.

평소에 다독가는 아니지만 책을 좋아했다. 첫 책 출간 후, 만들어보고 싶은 책에 대한 생각들이 계속 떠올랐다. 소재거리가 떠오를 때마다 메모장에 차곡차곡 기록해 두기도 했다. 전문 출판 교육을 받았다거나 작가로서 자질과 실력이 뛰어나야만 출판사를 경영하고 저자로 활동할 수 있는 것은 아니라고 생각했다. 준비가 되면 하겠다는 건 하지 않겠다는 말과 같다고 누가 말했던가. 그동안 모든 면에서 망설이다 도전하지 않았던 오래된 삶의 태도를 버리고 싶었다. 서툴지만 계속 시도하고 나아지는 출판사, 저자가 되리라.

사업이나 창업을 진로로 생각한 적이 단 한 번도 없었지만 우연한 계기로 사업자 등록과 1인 출판사 등록을 하고 대표가 되었다. 우선 공식적인 소속이 정리되기 전까지는 출판사 명의와 세금 처리와 같은 행정적인 부분들은 첫 책의 공저자이자 오랜 친구인 김숲이 도맡아 하기로 했다. 어떤 일을 해나갈지 기획하거나 큰 결정은 함께하되 나는 시간이 날 때마다 일을 보조하거나 도와주는 역할을 했다. 어찌됐든 조직에 소속되어 일하는 방법 외에는 경험하지 못했던 나에게 새로운 길이 열린 것이다. 당장 많은 수익을 낼 수 있는 보장된 사업은 아니어서 다니던 직장의 일을 병행해야 했지만 어엿하게 실재하는 비즈니스가 되었다는 것만으로 책임감 있게 출판 관련 일들을 지속적으로 해나가게 되었다.

출판사의 이름은 '그린 유니버시티Green University'로 정했다! 마음과 일상을 초록하게 가꿔나갈 수 있는 콘텐츠와 프로그램을 만들어 함께 나눠보겠다는 가치를 담았다. 느리더라도 꾸준히 시도하고, 성장하며 뜻을 실현해 가고 싶다. 🧪

"준비가 되면 하겠다는 건
하지 않겠다는 말과 같다"

그린 유니버시티(Green University)는
로컬에서 새롭게 시작하는 작은 출판사입니다.

'Make Soul&Life Green!' 을 모토로
우리의 일상과 마음의 초록을 지향합니다.

책과 네트워킹으로 마음과 일상의 숲을
산뜻하고 고요하게 가꿀 수 있는 방법을 궁리하고
건강한 개인들이 편안하게 연대하며
함께 꾸준한 성장을 도모해가고자 합니다.

그린 유니버시티's 일 & 꿈

삶에 위로와 출구가 될 책을 만든다.

누구나 참여할 수 있는 책을 활용한 재밌고 의미있는

책 놀이터를 운영한다.

책으로 독자와 고객들에게 작은 다정함과 상쾌한 생기를

불어넣어 일상과 마음이 새롭게 살아나도록 돕는다.

그린 유니버시티's 비전보드

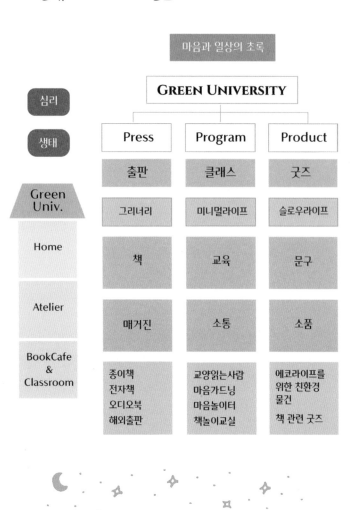

마음과 일상의 초록

GREEN UNIVERSITY

심리

생태

Green Univ.

Home

Atelier

BookCafe & Classroom

Press	Program	Product
출판	클래스	굿즈
그리너리	미니멀라이프	슬로우라이프
책	교육	문구
매거진	소통	소품
종이책 전자책 오디오북 해외출판	교양읽는사람 마음가드닝 마음놀이터 책놀이교실	에코라이프를 위한 친환경 물건 책 관련 굿즈

독립출판에서
로컬 미니출판사 <그린유니버시티>로!

책이 이어주는 작은 감동들

기록을 개인적으로 남기는 것에 그치지 않고, 책을 엮어 보겠다는 꿈을 가진 사람들이 많아졌다. 나 역시 같은 꿈을 갖고 독립출판 제작 워크숍에 참여했었다. 실제로 책이 만들어지고 판매와 더불어 책으로 파생된 다양한 활동들을 하며 이 경험은 자연스럽게 커리어가 되었다. 어느새 나는 나처럼 누구든지 책 만들기에 도전할 수 있다는 용기를 전하고, 초보자의 입장에 공감하며 출판 과정을 안내할 수 있는 사람이 된 것이다.

첫 책을 입고하면서 인연이 된 제주의 어느 책방의 제안으로 '독립출판물 워크숍'을 직접 진행하게 되었다. 코로나 바이러스 확산이 여전했지만, 글을 쓰고 책을 만들며 코로나 블루를 잊어보자는 취지로 수강생들을 모집했다. 그렇게 여름휴가 기간을 제주에서 수강생들과 함께 특별하게 보냈다.

북토크나 단기간의 초청 행사에서 강연을 한 경험은 꽤 있었지만, 주도적으로 직접 운영하며 장시간의 프로그램을 진행하는 것은 처음이었다. 긴장과 부담이 없을 수 없었다. 할 수 있는 최선의 열의와 노력으로 준비했고, 워크숍 진행 기간에도 수업을 준비하느라 제주의 여름 풍경은 창밖으로 구경만 해야 했다.

첫 책을 만들면서 느꼈던 경험담과 노하우를 최대한 쉽고 자세하게 전달하려 했다. 처음 책 제작 과정을 접하며 이해하기에 어려웠던 부분과 시행착오들을 꼼꼼하게 전했다. 방역 지침으로 거리두기 단계가 격상되면서 아쉽게도 대면으로 참여할 수 없는 분들도 생겼다. 상황적 한계를 조정하며 비대면과 대면을 동시에 진행했다. 즐겁게 또 무사히 첫 수강생들과 함께 워크숍을 마쳤다. 코로나 상황이 진정되면 각자 완성한 책으로 북페어나 북마켓 등의 행사에 참여해 보자는 약속을 남기며 과정이 마무리되었다.

그 후 감사하게도 정식 출간 소식을 전한 분들도 있었다. 서점에 입고를 하고 독자가 생겼다는 기쁜 목소리를 전해 들으니 말할 수 없이 뿌듯했다. 어느덧 진정되지 않을 것 같던 코로나 상황도 좋아져 마침내 다시 제주에서 만나 '제주 책 운동회(독립출판 북페어)'에 참여하는 약속도 지키게 되었다. 책이 이어주는 작은 감동들이 하나씩 꿰어져 갔다. 🏺

독립출판물 워크숍

MOON · BOOK · BREAD

제주 달책빵
독립출판물 워크샵

1기

2021. 5. 30. Sun ~ 8. 20. Fri
글쓰기 모임 & 독립출판물 강의+제작
온라인(10주)   오프라인(1주)

세부일정 및 신청 안내
https://blog.naver.com/moonbookbread

사적인 글쓰기 모임 2기

제주 구좌읍 '달책빵'에서 함께 모여 글을
쓰고 이야기 나눌 멤버를 모집합니다.

장소: 제주시 구좌읍 대수길 10-12, 달책빵
날짜: 11.12.-11.26. 매주 토요일 & 수요일 (총5회차)
진행: <초록이 땡긴다> 저자 이나무

달책빵 X 그린 유니버시티

🔍 마음 가드닝*

*심리학과 함께하는 우리 마음에 관한 이야기로 내마음을 들여다보고,
 조금 더 다정하게 자신을 이해해보는 시간

책만들기&글쓰기 강연

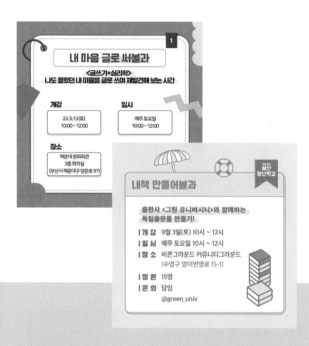

1

내 마음 글로 써볼과

<글쓰기×심리학>
나도 몰랐던 내 마음을 글로 쓰며 재발견해 보는 시간

개강
23.5.13(토)
10:00 ~ 12:00

일시
매주 토요일
10:00 ~ 12:00

장소
해운대 문화회관
3층 회의실
(부산시 해운대구 양운로 97)

내책 만들어볼과

출판사 <그린 유니버시티>와 함께하는
독립출판물 만들기!

- **개 강** 9월 3일(토) 10시 ~ 12시
- **일 시** 매주 토요일 10시 ~ 12시
- **장 소** 비콘그라운드 커뮤니티그라운드
  (수영구 망미번영로 15-1)
- **정 원** 15명
- **문 의** 담임

@green_univ

02. 인내실험

코로나 라이프

가설 참고 미루다 인생이 끝날 것 같으니

인생 실험을 서둘러야 한다

24시간이 모자라

대부분의 사람들이 그렇겠지만 코로나 팬데믹을 겪은 지난 2년 이상의 시간 동안 내가 가장 많이 내뱉은 단어는 '코로나', '거리두기'이다. 다수의 남들과 다른 한가지 단어가 있다면 '비상근무'다.

나는 메르스 사태가 일어났을 때 긴급으로 신규 발령을 받아 지금의 직장에서 근무를 시작했다. 그 당시 메르스바이러스 대응 부서에서 몇 달 일을 하다가 사태가 빨리 진정되는 것을 경험했기에 코로나19 역시 곧 진정되리라 생각했다. 인간이 뜻을 모으면 해결하지 못할 일이 없을 것이라는 믿음은 오만이었다.

바이러스 확산에는 국경이 없었다. 중국에서 발생 소식을 들은 후 머지않아 근접 국가에 유입되더니 국내를 포함

한 아시아 전역, 나아가 전 세계에 빠른 속도로 퍼지기 시작했다. 평소 바이러스를 담당하는 부서의 직원들은 갑자기 발생한 위급상황으로 늘어난 업무량을 감당하지 못해 밤샘 근무를 했다. 바이러스의 확산세가 심상치 않자 '코로나 비상대책반'이 만들어졌고, 담당 부서의 소속이 아닌 나 역시 대책반에 투입되었다. 업무 내용을 하루 만에 숙지해 당장 다음 날부터 역할을 톡톡히 해내야 했다.

멍한 기분이었다. 주말도 반납하며 이 보이지 않는 적에 대항해 총 대신 피펫코로나 검체 검사 시 필요한 실험 도구을 들고 수없는 밤을 보냈다. 검체는 매일 물밀듯이 쏟아져 들어왔고 일반적으로 감당할 수 있는 양이 아니었지만 감당해야 했다. 많은 사람이 투입되었지만 24시간이 모자랐다. 우주복 같은 새하얀 방역복, 고글, 특수 제작된 딱딱한 마스크로 완전무장을 하고 실험실에 한 번 들어가면 3시간을 빈틈없이 집중하며 혼신의 힘을 다했다. 자칫 잘못하다가 실험이 잘못되기라도 하면 큰일이 나는 중요한 임무와 무거운 책임을 짊어지고 빠르면서도 정확하게, 꼼꼼하면서도 많은 양의 검체를 처리해야 했다. 화장실이라도 가려면 다시 복장을 갖추어야 했기 때문에 입은 김에 오래 일하는 게 편한 지경이었다.

그 사이클로 몇 차례 일하다 보면 하룻밤이 정신없이 지나가고 다음 날 아침이 되어있었다. 해가 뜰 때 출근해서 다음 날 해가 뜰 때 퇴근했다. 아침에 그날 근무조가 출근하면 바통을 넘겨주고 노동조합에서 준비해 준 아침 식사로 빈속을 채웠다. 화장은커녕 잘 씻지도 못해 꾀죄죄한 모습으로 동료들과 마주 앉아 새알 미역국을 들이켰다. 값진 노동 후 먹는 눈물겨운 아침 식사였다.

퇴근해 집으로 돌아가 깨끗이 씻고 누워도 쉬이 잠이 오지 않았다. 몸이 피곤한데도 각성이 되어서인지, 바이오리듬이 깨져서인지 숙면하지 못하고 뒤척이며 침대 위에서 시간만 보냈다. 이런 날들이 계속 이어졌다. 코로나 확진자가 대거 발생하던 n차 유행이 몇 번을 거듭하다 마침내 감소세에 접어들었다. 드디어 끝나는 것일까 기대했지만 기대도 잠시 다시 대유행이 찾아오기를 반복했다.

코로나 방역 일선에서 일하고 있는지라 격려와 위로를 보내주시는 분들도 많았다. 피곤하고 힘들었지만 모두가 같은 마음으로 함께 이겨내고 있는 팬데믹 상황이기에 외롭지 않았다.

상상도 못 한 코로나바이러스의 등장으로 모든 업무는 코로나 대응과 방역 중심으로 돌아갔다. 담당하던 본래의 업무가 무엇이든 상관없이 대부분의 인력이 코로나 관련 업무 지원에 나서야 했다. 내가 속한 기관처럼 코로나 검체 검사를 하는 일만이 아니라, 시·군·구청에서는 방역 대책과 단속, 보건소는 역학조사, 병원은 환자 치료로 저마다 업무가 늘어나 과로하며 버거운 시간을 보냈다. 일이 많아져 힘든 사람들도 생겼고 방역 지침으로 정상적인 영업을 할 수 없어 생계유지의 어려움을 호소하는 자영업자분들도 늘어갔다. 팬데믹은 각자에게 다른 방식으로 고통이 되었다. ▲

우리들의 입장 차이

'비상'은 '평상시와 다르거나 일상적이지 않아 특별함'을 뜻하는 말이다. '비상'이 너무 오래 지속되면 '일상'이 된다. 비상근무 역시 2년 이상을 하다 보니 일상이 되었고, 특별한 수고를 하고 있다는 격려는 조금씩 사라졌다. 여전히 힘들게 일하고 있었지만 배려보다는 요구가 더 커지고 당연시되었다. 비상근무가 길어지며 벌어졌던 다양한 일들을 돌아보면 이렇다.

● 비상근무팀코로나 근무를 위해 만들어진 임시 조직에 투입된 인원이 너무 많아 관계가 복잡해졌다. 사공이 많아서 어디에 장단을 맞춰야 할지 몰랐다. 근무할 때마다 내부적으로는 여러 사람과 소통해야 했고, 외부적으로는 수십 통의 전화를 하며 민원을 처리해야 했다.

● 빠르게 많은 건수를 해내야 한다고 압박하며 근무자들의 속도와 일 처리 능력을 비교했다.

● 바쁜 상황에서도 높은 사람의 의뢰 결과 재촉이 이어졌고, 유명하거나 대단한 사람이라는 이유로 순서를 어기고 중간에 끼어드는 검체가 속출했다.

● 의뢰처와 마찰이 생기면 그럴만한 이유가 있었을 것이라고 이해해 주지 않고, 대체로 일 처리를 원만하게 하지 못한 우리의 잘못이라고 했다.

● 앞에서는 수고와 고생이 많다고 했지만, 뒤에서는 더 많은 검사 건수를 확보할 궁리를 했다.

● 매일 퇴근 시간을 계획하거나 가늠할 수 없었다.

● 다음 날 아침이 되면 전날 근무한 사람들이 평가받았다. 혹여 실수가 발견되면 그 잘못은 회사 전체로 순식간에 퍼져나갔다.

● 근무 다음 날은 지나가는 사람들이 나를 손가락질 하는 것 같은 망상이 펼쳐졌다. 무슨 일이 생기면 모든 것이 나의 잘못 같았고 스스로를 자책했다.

● 하루하루가 자책과 긴장의 연속이었다.

실제로 근무하는 사람이 아니고서는 비상근무를 하며 느끼는 고충을 공감할 리 없었다. 고된 근무를 성실하게 해내고 있는 것만으로는 충분하지 않은 걸까? 동료들은 지치지만 지친다는 내색조차 하지 못했다. 단 한 명도 목소리를 내지 못하고 쓰러지지도 않았다. 아마 내가 있었던 곳뿐만 아니라 전 세계 어디서든 비슷한 상황에 펼쳐졌을 것으로 추측한다. 다들 각자의 위치에서 너무 많이 고생스러웠을 거라고.

이렇게 각자의 입장 차이로 감정의 골은 깊어졌다. 상명하복의 분위기 속에 여러 가지 의문이 들었지만 입 밖에 내지 않도록 무수히 노력했다. 최대한 조용히. 나대지 않아야 했다. 여기서는 그저 입을 꾹 닫고 일하는 기계처럼 사는게 최고였다. 간부는 간부대로, 나는 나대로 모든 것이 어쩔 수 없는 최선이었겠지만 회사에서 원하는 인재상이 되지 못한 내가 점점 더 미워졌다. 🗻

"하루하루가 자책과 긴장의 연속이었다"

수제종이 만들기

희망고문

    끝날 듯 끝나지 않는 코로나 팬데믹이 계속되며 동료들과는 전우애(?)가 생겼다. 우리 전우들의 하루 일과는 이랬다. 코로나 근무조인 날은 아침 9시에 출근을 하면 코로나 근무지 영역으로 가서 당일 접수된 검체 처리가 끝날 때까지 전력을 다한다.

    "오늘은 몇 시쯤 퇴근하세요?"

    "글쎄요. 저도 궁금합니다만..."

    매일 상황이 다르므로 그날 업무가 언제 마무리될지는 아무도 모른다. 보통 밤 12시 전후가 되면 끝나지만 어떤 날은 새벽 2시, 5시, 다음 날 아침 9시에 끝이 날 때도 있었다. 밤이건, 주말이건 할 것 없이 검체 의뢰가 들어오면 검사는 언제나 진행되어야 했다. '24시간 비상 체제'니깐. 그리고 그것이 우리의 역할이니깐.

기존 근무시간인 오전 9시~18시를 제외하고, 저녁 식사 시간 이후인 19시부터 추가로 근무한 시간에 대해 근무수당이 주어진다. 한 시간당 1만 1천 원 정도. 근무시간이 늘어나 돈을 더 벌 수 있어 좋다고 말하는 사람도 있었지만 나는 그렇지 않았다.

비상근무를 하면서 평생 시켜 먹을 배달음식은 다 먹은 것 같다. 평소 배달음식을 즐기지 않는 나로서는 달갑지 않았다. 맛이 없는 건 아니지만 서글프거나 집밥이 그리울 때가 많았다. 음식이 도착해도 일하느라 바로 먹을 수가 없어서 불거나 식은 경우도 다반사였다. 그래도 노동 전후에 먹는 밥은 체력과 직결되므로 감사한 마음으로 열심히 먹었다.

매월 새로운 달이면 코로나 근무표가 전달된다. 기존의 담당 업무의 일정과 중복되기도 하고, 주말 근무도 있다 보니 개인적인 일정과 맞물리는 경우도 많았다. 그렇게 되면 근무 날짜를 다른 조의 누군가와 바꿔야 했는데, 그 과정도 쉽지는 않았다. 퇴근 후나 주말에는 운동도 하고, 다른 취미 생활도 하면서 지내고 싶었지만 소박하고 평범한 휴식조차 쉽게 허락되지 않았다.

코로나 확진자 수를 시시때때로 확인하며 숫자가 하루빨리 줄어들기만을 기도했다. 2년이 흐르고 전염력이 강한

오미크론 변이가 대유행하면서 걷잡을 수 없는 상황에 이르자 희망은 단념으로 바뀌었다. 중증 환자가 발생하지만 않는다면 차라리 빨리 확산되어서 집단면역이 되기를 바랐다. 어서 그 길로 접어들어야 끝이 날 것 같았다. 우리나라보다 먼저 폭풍급으로 코로나를 겪은 다른 나라들은 이제 안정기에 접어들어 마스크를 벗고 일상을 살아가고 있었다. 언론에서 꽤 오래전에 '위드 코로나단계적 일상회복, 코로나19의 완전한 종식을 기대하는 것보다 공존을 준비해야 한다는 것'를 언급했지만 실상 분위기는 아직도 코로나를 감기처럼 받아들일 준비는 되지 않은 것 같았다. 의료진도, 방역담당자들도, 검사자들도, 자영업자도 모두 지쳤다. 이들도 모두 국민이었다.

언제 끝날지 모르겠다. '코로나 비상근무팀'의 해단식의 날이 올까? 코로나 없는 일상은 어떤 삶이었는지 잘 기억나지 않는다. 그날이 온다면 언제 그랬냐는 듯 빠르게 적응할 것만은 분명하다. 인간은 자고로 편한 방향으로 변하는 것은 쉽고 빠르게 받아들이니깐.

기대는 실망의 지름길이라 하지만, 실낱 같은 희망이라도 갖지 않으면 당장 오늘 하루를 일어설 수가 없기에 희망고문은 우리 모두가 거쳐야 할 관문이었다. 🔔

"그것이 우리의 역할이니깐"

거리를 두세요

사회적 거리두기.

이 듣도 보도 못한 말이 일상적 용어가 될 줄 몰랐다. 인간과 인간 사이에 거리를 두라는 지침을 전 국민 아니 전 세계가 따라야 하는 상황을 누가 상상이나 했을까. 코로나바이러스는 호흡기를 통해 비말로 감염되기 때문에 서로 가까이 있을수록 전파될 확률이 높다. 확신을 막기 위해서는 만남을 자제하는 것이 최선인 것이다.

우리나라는 문화적으로 개인주의보다는 집단주의 문화에 가깝다고 한다. 실제로 느끼기에도 단체나 조직을 만들어서 삼삼오오 모여 왁자지껄한 분위기를 즐기는 사람들이 다수인 것 같다. 그렇기에 '사회적 거리두기'는 전 세계 어떤 나라 국민보다 우리나라 국민들에게 더 힘든 처사였을지 모른다. 일대일 만남이나 소수의 사람과의 만남을 선호하는 나로서는 사회적 거리두기 기간이 주는 큰 불편은 없었다. 회사에서조차 점심 식사도 거리를 두고 혼자 했고, 어디를 가든 좌석이나 테이블을 띄워 앉았다. 바이러스의 전파를 최소화하려는 노력의 하나로 하는 수 없이 시행되고 있는 '거리두기'라는 제도가 나 같은 사람에게는 최적화된 쾌적한 편안함을 준 것도 사실이다.

'비대면'이라는 말도 익숙한 일상 용어가 되었다. 강의를 듣거나 모임이나 회의에 참여하는 것도 예전처럼 직접 만남이 아닌 가상 공간에서 이루어졌다. 온라인으로 학교에 등교를 하고, 회사에 출근을 하고, 개인적 만남도 했다. 어디에 있든 상관없이 PC나 태블릿, 모바일 기기와 인터넷만 있으면 언제든 만날 수 있는 장점도 있었다. 편리하긴 했지만 직접 대면해서 소통하는 만남이 어느새 그리워졌다. 화면이 아닌 실제 감각으로 느끼는 상대방의 온기가 얼마나 인간다운 것인지 새삼스러워진다.

정보 통신 기술.
4차 산업혁명.
지구 환경.

인간다움.

깊이 와닿지 않던 단어들이 코로나 팬데믹을 겪으며 살아 움직였다. 우리가 경험한 이 새로운 일상은 훗날 어떤 의미로 자리 잡게 될까 문득 궁금해진다. ▲

"마스크"

"비대면"

"사회적거리두기"

"격리"

"확진자"

지구 실험

'지구에게 코로나는 백신'

인간의 관점에서 코로나바이러스는 재앙이다. 지구의 입장에서 코로나바이러스는 백신일 수 있다. 누군가의 논평이다.

인간은 지구를 소유로 여기고 무자비하게 이용해왔다. 지구를 거대한 생명체로 본다면 지구 입장에서는 견디기 힘든 고통을 오랜 세월 겪은 것이다. 고통을 멈추고 쉬면서 주사도 맞고 건강을 회복하고 싶었는지 모른다.

코로나 바이러스로 인해 세상은 멈추거나 느려졌다. 무한대로 가동되던 공장도, 비행기 운항도 많이 줄었다. 지구가 자정작용을 하기 위해서 코로나 팬데믹이라는 카드를 꺼낸 것 같다는 해석에 동의하게 된다. 지구는 충분히 쉬었을까? 그렇게 멈춰 선 우리는 충분히 깨달았을까?

수많은 생산시설들이 일시 정지되고 경제활동이 줄어들면서 생계유지의 불안은 커졌지만 미세먼지나 여러 가지 공해는 줄어 맑은 하늘을 볼 수 있는 날이 늘었다.

편리를 위한 발전만을 생각해 온 우리도 이제 지속가능한 발전을 이야기하고 있다. 늦은 감이 있지만, 아니 이미 많이 늦었다고는 하지만 손 놓고 있을 수는 없다. 개인이 일회용품을 줄이고, 장바구니를 사용하고, 대중교통을 이용하는 것이 무슨 소용이 있겠냐는 회의적인 목소리 대신 그래도 작게나마 노력한다면 수많은 개인이 모여 결국 전체를 움직일 수 있지 않을까. 제로 웨이스트환경을 위해 쓰레기 생산을 최소화하는 생활습관, 채식과 같은 환경문제와 관련한 관심과 움직임이 예전보다 더 커진 것을 느낀다.

코로나 대응 비상근무를 하며 더 나은 지구를 생각하면서도 모순적인 상황에 어쩔 줄 모르게 되는 날이 많았다. 늦은 시간까지 꼼짝없이 근무를 하다 보니 함께 일하는 동료들끼리 음식을 배달시켜 먹어야 하는 경우가 거의 매일 발생했다. 많은 날은 하루에 3번이나 배달음식을 먹었다.

배달음식을 먹고 나면 일회용품 쓰레기가 산더미처럼 나온다. 쓰레기를 처리하면서도 매번 찾아오는 죄책감은 어쩔 도리가 없었다. 개인적인 딜레마와 그럼에도 실천해 보겠다는 작은 노력들은 어딘가에서 계속 진행되고 있는 전쟁, 붕괴, 폐수 방류, 벌목과 끝없이 이어지는 공사 등 큰 파괴와 오염을 일으키는 일들 앞에 무기력해지고 만다.

코로나 팬데믹은 지구와 인간의 인내심을 실험해 본 하나의 큰 이벤트였다. 앞만 보고 달려가던 개개인의 인생도 잠시 멈춰서 검토와 고찰의 시간이 필요하듯이 지구의 입장에서도 마찬가지인 것이다. '바쁠수록 돌아가라'는 말처럼 더 크고 위험한 일이 발생하기 전에 당연한 것들의 소중함을 되새겨보고 재정비해야 한다. 눈코 뜰 새 없이 바쁘게 돌아가는 세상이지만, 그럴수록 한 템포 늦춰 평소에 챙기지 못한 자신과 주변을 돌아보면 어떨까.

코로나바이러스가 우리에게 전하는 메시지가 무엇일지 깊이 생각해 보아야 한다. 지구를 지켜줄 슈퍼히어로는 우리 모두가 아닐까? 🔭

"고통을 멈추고 쉬면서 주사도 맞고
건강을 회복하고 싶었는지 모른다"

평온, 그 이상

03. 사회실험

조직생활_회사와 인간관계

가설 사회생활과 인간관계는
본디 어려운 것이다

회사생활백서

회사생활은 조직문화 속에 있다. 조직에서 그럭저럭 잘 지내기 위한 꿀팁을 적어보고자 한다. 나도 잘되지 않지만 그래도 알고는 있는, 이상적인 사항이다. 개방적이고 자율적인 분위기의 조직도 있을 것이다. 우선 내가 경험한 조직만으로 한정지어 정리해보았다.

- 회사에서 꿈을 실현하려 하지 말기
- 진정성, 직업의식, 사명감은 어느 정도 내려놓기
- 기대와 부푼 희망은 금물
- 나를 최대한 드러내지 말 것
- 밖에서의 인간관계와 같다고 생각하지 말 것, 적당한 거리 유지하기
- 힘들어도 힘들다고 말하지 않기

- 걱정과 고민은 회사 밖의 사람과 나누고 결단이 나면 회사에 단단한 마음으로 알리기
- 회사에서 많은 이야기를 하지 않기, 이야기 전달하지 않기
- 좋고 싫음을 드러내지 않기
- 요란하지 않고 묵묵하게 일하기, 나대지 말기
- 저녁 6시 이후의 삶에서 행복 찾기
- 대부분의 질문에 중립적으로 대답하거나 얼버무리기
  예) 그럴 수도 있죠. 잘 되겠죠.
- 간부나 선배의 말에 토 달지 않기
- 처리기한에 임박하지 않게 미리, 빨리 일 처리하기
- 사생활 드러내지 않기
- 사내 커플이나 이성과의 구설수에 휘말리지 않기
- 이성은 밖에서 찾기
- 내가 하고 싶은 말도 남(특히 입지가 있는 선배라면 더욱 좋다)을 누군가 대신 표현해 줄 때까지 기다리기
- 최대한 조용히 지내기
- 21세기 민주주의 사회에서 살고 있다는 사실을 잊기

10년 동안 '회사'라는 조직문화를 경험해 보고 지금까지 깨달은 점들이다. 이렇게나 많은 조건이 존재하더라.

물론 필수는 아니지만 무난하게 직장 생활을 이어가기 위해서 실천할 수 있다면 사회생활이 편해지는 점들이다. 줄줄이 읊을 만큼 세뇌되어 있지만 실제로 나는 몇 개나 적용하고 있을까. 과반수 이상 실천할 수 없으니(실천하기 싫고, 실천되지도 않으니) 회사 다니기가 힘들고, 내가 조직에 맞지 않는 사람이라 거듭 생각하며 살고 있는지도 모르겠다. 머리로는 아는데 행동에서 반영할 수 없는 사항들이 그토록 나를 괴롭게 하나 보다.

"미안하다 회사야. 초심을 잃고 변한 건 난데, 넌 처음 그대로의 모습일텐데. 내가 스스로 만들었던 환상에 젖어있다가 실망한 내 탓이란다. 우리의 인연은 언제까지일까...?' ⚱

"21세기 민주주의 사회에서 살고 있다는 사실을 잊기"

월급 증후군

월급: 한 달을 단위로 하여 지급하는 급료 또는 그런 방식.

꼬박꼬박 나오는 월급, 달콤한 성과급.

안정적으로 매달 일정한 날짜에 통장에 찍히는 월급은 사람이 안정된 미래를 설계할 수 있도록 해준다.

월급을 받으면서 회사생활을 한 지 어느덧 10년이 다 되어간다. 많은 돈은 아니지만 큰 욕심이 없다면 한 달은 무리 없이 살아갈 수 있는 금액이 주기적으로 주머니로 들어온다. 많은 돈을 벌어본 적은 없다. 생활이 넉넉하다고 느껴본 적도 없다. 그렇다고 명품 구매나 과소비를 즐겨하는 편도 아니다. 분명 매년 급여는 오르고 있을텐데 점점 더 살아가기가 팍팍하다. 돌이켜 생각해보면 신규채용되었을 사회초년기 시절에 가장 저금은 많이 한 것 같다. 그땐 지금보다

고정으로 나가는 돈이 적었던 걸까. 기본 지출 세팅이 늘어가고 하고 싶은 건 점점 많아진다. 그중에 태반이 돈이 수반되는 것들이다.

내가 살아오면서 번 돈의 99퍼센트 이상이 '월급'이란 이름으로 들어온 돈이다. 긴 시간 꾸준하게 지급되는 수입이라 익숙하고 당연해져 감사함과 소중함을 느끼기 힘들다. 정년이 보장되고, 퇴직 때까지 월급의 금액까지 정해진 직업군의 일은 안정성과 소속감이라는 장점이 크지만 그만큼 단점도 있다. 시간이나 공간, 일의 종류, 동료들을 선택해 일할 수 없다는 점이다. 조직의 규율에 얽매일 수 밖에 없다.

월급의 '월' 자는 월요병의 '월' 자와 같은 게 아닌지 의심스럽다. 다음 달의 수입을 걱정해본 적 없지만 매주 월요일은 악몽이다. 특히 타지 생활을 하는 나는 주말에 본가로 내려왔다가 일요일 저녁이면 다시 복귀해야 하는 번거로움을 수년째 감내 중이다. 퇴사를 결정했을 때도 이제는 주말마다 장거리를 다녀야 하는 일에서 벗어난다는 생각에 쌓인 체증이 내려가는 기분이었다.

안정적으로 지급되는 월급이니만큼 감당해야 하는 부분도 상당하다. 수십, 수백명이 모여서 일을 해야 하는 곳이기에 지키거나 참아야 하는 게 일상이다. 상명하복의 분위기 속에 의견을 내기란 쉽지 않다.

'월급 = 조직 생활 = 까다로운 인간관계'
이 모든 것을 견디는 것에 대한 대가가 '월급'인 것이다.

반면, 월급으로 할 수 있는 것들도 많다. 맛있는 것을 사먹을 수 있고 예쁜 옷을 사서 입을 수 있다. 그 밖에 고정적인 돈으로 설계할 수 있는 인생은 그렇지 않은 인생보다 스펙트럼이 넓어진다. 하지만 최근에 알게 된 사실 중 하나가 있다. '시간'도 '돈' 만큼 투자와 부가가치가 크다는 것. 지금의 10년과 정년퇴직 후의 10년은 다르다. 할 수 있는 일은 적어지고 체력이 떨어져 항상 건강과 체력을 1순위로 염두에 두면서 살아야 할 것이다. 반면, 정년을 꽉꽉 채워 퇴직하면 인내한 만큼 집도 생기도 일의 경험도 쌓여 지혜가 될 것이다. 보너스로 평생 나오는 연금도 있다.

이렇게 생각하면 이렇고, 저렇게 생각하면 저렇다. 결국은 생각하기 나름이고, 내 마음이 더 원하는 대로 주어진 삶을 열심히 살면 되는 것이다. '내가 선택한 길이, 적어도 나한테는 최선이었다.' 생각하면서! 🧪

"꼬박꼬박 나오는 월급, 달콤한 성과급"

회사에 영혼을 쏟은 사람의 최후

나는 매사에 의미부여를 하면서 사는 편이다. 내가 하는 또는 남이 하는 행동, 서로의 대화, 표정, 벌어지는 상황 등 아주 여러 곳에서 의미를 생각한다. 민감하고 예민하고 감성적이다. 좋게 말하면 섬세하고 감수성이 풍부하다. 조그마한 것에 감동하고 사소한 것에 화가 나기도 한다. 대충 그냥저냥 선택이란 없다. 애매한 것 보단 확실한 정리를 좋아하고 꽂히면 엄청나게 파고든다.

직장을 선택할 때도 이런 나의 성격이 고스란히 반영되었다. 인턴이나 단기직이 아닌 장기적으로 일해야 하는 곳이니만큼 신중에 신중을 기하였다. 명확하게 의미를 부여할 수 있고, 마음에 정말 들어야 몸과 마음이 움직인다.

입사 면접에서 진심 반에 과장을 보태어 대답하는 경우를 꽤 보았다. 사람들은 면접관이 요구하는 정답을 알고 있기 때문에 본심과는 다르더라도 그들이 좋아할 만한 대답을 앞세워 이야기한다. 어려운 관문을 통과해 회사에 다니게 되어도 애사심으로 일한다기 보다는 생계를 위한 돈벌이의 목적으로 일하는 경우가 대부분이다. 나는 이런 사람들을 보고 신기해했다. 싫지 않아서가 아닌, 아주 좋아서 하는 일을 주로 선택했던 나의 관점에서는 이해할 수 없는 가치관이었다. 나는 그렇게 살지 않을 거라고 확신했다.

대학교와 대학원에서 배운 '전공'(내가 살아오면서 참 많이 써온 단어이다)을 버리고 싶지 않은 고집을 내세워 직장을 선택했고, 그곳에 입사하기 위해 엄청난 노력과 온 힘을 다했다. 마침내 입사한 회사에 내 몸과 마음을 욱여넣고 시간은 잘도 갔다. 절대 변하지 않을 것만 같았던 내가 점점 변해갔다. 회사에 돈을 벌러 다닌다는 일념 하나로 회사 밖의 시간에 의미를 두던 이들을 비난했던 내가 변했다.

어느새 나조차도 회사를 돈을 벌어야 해서 어쩔 수 없이 다니는 사람이 되어 있었다. 매사 의미를 중요하게 생각하며 마음을 담아 일해야 한다고 믿던 내가 남들처럼 변한 데에는 어떤 이유가 있었을지 생각해 보았다. 입사 초부터 시작된 잦은 인사이동, 보수적인 회사 분위기, 딱딱했던 위계질서, 원하지 않았던 독립, 타지 생활, 일상의 무료함 등 많은 것들이 모여서 나를 변하게 만들었다. 그러면서 애초에 나만큼 회사에 큰 의미를 두지 않고 살아가는 이들에 비해 더 빠른 속도로 나락으로 떨어졌다. 나의 변화를 눈치챈 주변 지인들은 애정 어린 조언을 조심스레 해주었다.

"어떤 일이든 너무 열정과 애정을 쏟으면 금세 지쳐버릴 거야. 기대가 크면 실망도 큰 법이거든."

오래전부터 이윤 창출보다는 봉사하는 마음으로 공헌하는 일을 하고 싶었다. 적은 돈이지만 내가 받는 월급이 어떻게 창출되고 나의 노동이 얼마나 선한 영향을 끼칠 수 있는지 생각했다. 그래서 공무원을 선택했다. 정말이지 연금과 복지를 위해 어둡고 좁은 독서실에서 밤새 꿈을 꾼 게 아니다. 이것이야말로 교과서에서 배운 도덕적이고 선량한 목적이 아닌가. 이런 뜻을 가진 나 자신이 뿌듯하기까지 했다. 과거의 나는 그랬다.

나의 직업 선택의 동기는 너무 순진하다는 식의 사람들의 평가와 함께 비웃음을 샀고, 조금씩 초심의 의미가 내 안에서도 퇴색되었다. 30년 넘게 살아오면서 비교적 확신 속에 살았고, 선택을 후회하는 일도 거의 없었다. 그만큼 자기 신념이 강했지만 뒤늦은 사춘기인지 마음이 한없이 흔들렸다.

너무 변한 내가 스스로 감당하기 어려울 정도로 혼란스러운 나날을 보내고 있는 요즘이다. 경제적인 문제만 아니면 회사를 당장이라도 뛰쳐나올 수 있을 것 같았다. 사회적 시선 따위 버린 지 오래다. 과거의 나와 현재의 나 모두 내가 인정하고 받아들여야 하는데 흔들리고만 있다. 아주 춥고 강한 바람이 부는 절벽에 서서 이러지도 저러지도 못하고 서있다. 지나친 자기 확신과 매사 명분을 중요시하며 살던 삶의 부작용이 아닌가 싶다. ⛰

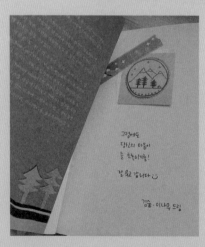

그럼에도
당신의 아름이
늘 찬란이기를!

결혼 갑니다 ☺

김슬·이나무 드림

*『초록이 땡긴다』는 초록 출구를 찾아 떠나는 마음과 그 여정을 담은,
그린 유니버시티(김숲&이나무)의 첫 독립출판물이자 출사표와 같은 책

'정'주고 '마음'도 주고

세상은 끊임없이 변한다. 속도를 감히 따라갈 수 없는 나는 버겁다. 변화하는 많은 것 중에 가장 크게 영향을 주는 건 타인과 관계가 변하는 일이다. 주식도 부동산도 아니다. 사람이 제일 종잡을 수 없고 어렵다. 오늘은 둘도 없는 사이였지만 바로 내일은 돌변할 수 있는 것이 사람이다. 나는 내가 마음을 주었던 사람이 변할까봐 두렵다.

나는 사람에게 정을 쉽게 주는 편이다. 내미는 손을 잘 뿌리치지 않고 내가 먼저 손을 내미는 경우도 많다. 못 해주는 것보다 잘해주는 게 편하고 웬만하면 잘 지내보고 싶다. 사람들은 특히 회사에서 어느 정도의 관계만 유지하려고 하는 것 같다. 너무 가깝지도 멀지도 않은 관계. 나는 그 거리가 조절이 잘 안된다. 어느 정도 가까워졌다 싶은 관계는 가능한 더 친밀해지고 싶어 한다. 이 지점 때문에 상처를 많이 받는다. 내 마음 같지 않은 사람들을 꽤 만나고 깨달음과 다짐을 반복했다. 회사라는 환경에서는 인간관계가 너와 나의 일대일 관계가 아니기 때문에 간혹 이유를 알 수 없이 멀어지고 서운해지는 일이 생겼다. 결혼을 하면 부부 사이가 단순한 관계가 아니듯 회사에서도 너와 나 사이에 또 다른 동료들과 '일'이라는 분배의 대상이 있었다. 우리 둘이 오갔던 말과 사건만이 아니라 그 외 아주 복잡한 세계가 존재했다. 사적으로 만난 지인들과의 관계와는 다르다는 것을 온몸으로 직접 느꼈다. 여러 번 경험하고 나니 직장에서 만난 관계가 무척이나 불편해졌다.

"회사사람들이 다 그렇지. 너무 믿거나 정 주지 마."

이런 말을 많이 들었고 나도 마음에 항상 품고 살았다. 경계 태세를 늦추지 않으려고 애썼지만, 종종 내 마음의 벽을 허무는 동료도 있었다. 내가 별다른 이유 없이 마음을 열지 않는다고 느낀 동료는 이내 그 이유를 물었다. 가까워지는 것에 대한 두려움과 내 나름의 방어막에 대한 생각을 하는 수 없이 털어놓았다. 자신은 절대 배신하는 일이 없을 거라며 나보고 오히려 그러지 말아 달라고 부탁했다. 평소에 나에게 마음을 쓰며 잘 대해준 동료이기도 했고, 업무량이 많을 땐 도와주며 따분하고 지겨운 회사생활에 비타민이 되어준 동료이기에 그 이후 점차 더 친해졌다. 굉장히 예의 바르고 배려심이 가득한 고마운 사람이라 생각해서 수시로 고마움을 표현하며 잘 지냈다.

시간이 흐르면서 보통의 회사동료 이상으로 편해졌고 함께 도모하는 일도 생겼다. 그러면서 상대방에 대한 긴장이 점점 풀리게 되었다. 그 동료는 점점 나에게 체면을 차리지 않았고 나도 동료에게 기대하는 바가 커졌다. 격식이라고는 찾아볼 수 없이 편하고 가까워져서 심지어 다투는 일도 자주 발생했다. 나는 그 동료가 처음의 태도와는 너무 달라졌고 변했다며 투덜거렸고, 섭섭함이 쌓여만 갔다. 상대방은 그런 것이 절대 아니라고 이야기했다.

지켜야 할 선을 넘은 듯했다. 너무 안타까웠다. 자꾸만 마찰이 생기는 게 속상했다. 워낙 많은 것을 공유하고 도모했던 지라 정을 떼려니 쉽지 않았다. 나는 또 후회할 짓을 했다고 생각했다. 그러면서 애초에 방어막을 걷은 내 자신이 한심했다. 가까워진 사람과 이전보다 소원해지거나 마찰이 생겨 멀어지는 현상이 누구에게나 있을 수 있지만, 개인적으로 그런 상황을 받아들이는 것이 많이 힘들다. 아직도 이 부분에 대해서는 이렇다 할 답을 내리지 못하고 살아가고 있다.

정이 많은 것도 이젠 애정결핍으로 불린다. 대한민국은 '정이 많은 나라'라는데 '정을 주지 말라' 한다. 참으로 혼란스러운 일이다. 나는 '정(情)'과 '한(限)' 모두 갖춘 한국인 정서의 표본인데, 이제는 '정'도 '한'도 표현하는 것이 한국적이지 않은 것이 되었나 보다. 🔔

인간관계의 유효기간

　세상에서 가장 힘든 일 중 하나, 인간관계.

　남녀노소 불문하고, 어디에서 어떤 일을 하며 사느냐와 관계없이 세상의 모든 사람들에겐 인간관계가 존재한다. 그 관계들은 복잡하고도 어렵다. 나는 사람들 없이는 혼자 시간을 잘 보내기 힘들어한다. 그런 나는 사람이 좋으면서도 싫고, 미우면서도 사랑스럽다.

　사람은 생김새, 성향, 생각 등이 아주 다양하기에 아무리 연구해도 인간관계에 대한 하나의 답을 얻기는 어렵다. 신나게 놀 때 뿐 아니라 일을 하려고 모인 곳에서도 일만 잘 해 되는 문제가 아닌 것이다. 무슨 일이든 잘 해나가려면 서로간의 호흡이 중요하다. 아무리 어려운 일도 마음만 잘 맞으면 헤쳐나갈 수 있다고 생각한다. 반면, 반대의 경우는 문제다. 어떤 쉬운 일이라 할지라도 마찰이 생기고 균열이 일어나면 좋은 결말을 기대할 수 없다. 삶을 살아갈수록 더욱 절절하게 느낀다.

'코드가 중요하다.'라는 말을 나는 자주 쓴다. 똑같은 사람도 누구와는 잘 맞고 다른 누구하고는 맞지 않을 수 있더라. 좋은 사람, 나쁜 사람은 정해져 있는 게 아닐 수도 있다. 비록 나에게는 나쁜 사람으로 끝이 났지만, 다른 사람에게는 더없이 좋은 사람이 되는 일도 많다.

같은 공간 속에서 같은 사람들과 몇 날 며칠을 함께 하더라도 매일매일이 다르다. 특히 어떤 날은 영문도 모른 채 아침부터 옆사람의 눈치를 보고 있다. 내가 눈치 보는 피해자가 될 수도 있고 눈치 주는 가해자가 되기도 한다. 의도적으로 그렇게 될 수도 있고 의도치 않게 그렇게 되고 있을 때도 있다. 오늘 사랑하고 좋아하다가도 내일부터 남보다 못한 사이가 될 수 있는 것. 바로 인간관계. 그것이 사람을 참 힘들게 한다.

좋고 싫음이 분명하고 서로 나누는 소울(Soul)을 중요하게 생각하는 나한테, 사람은 여전히 참 힘든 존재이다. 나는 사람에게 기본적으로 정을 많이 주고 솔직하게 대하는 게 편하다. 그럴수록 기대하는 바가 커져 그걸 충족시켜 주지 못했을 때 섭섭함이 배로 몰려오는 경험을 많이 해보았다. 이런 점 때문에 힘들었을 때 읽었던 책이나 지인의 조언은, '인간관계의 기본은 방어적이면서도 조절을 잘 해야한다'는 것이다. 머리로는 아는데 마음 고쳐먹기가 쉽지 않다. 인간의 마음은 참으로 어렵다.

간혹 어떤 마찰이 생겼을 때 대화를 해서 잘 풀고 싶은 때도 있고, 싸우고 싶지 않다는 핑계를 내걸면서 이야기를 꺼내고 싶지 않은 경우도 있다. 후자는 오히려 새드 엔딩일 수 있다. 많은 대화를 하면서 좋은 방향으로 나아가도록 해야할지 여러번 이야기해도 관계가 개선되지 않았으니 포기해야할지를 결정해야 할 때도 있다.

우습게 들릴지 모르겠지만 사람한테 지칠 땐 우리 집 개가 참으로 보고 싶었다. 항상 변함없이 나를 반겨주고 따라주는 모습이 고마웠다. 사람에게 받은 상처를 동물로부터 치유 받곤 했다. 행동이 예상되고 마음을 불편하게 하지 않으니깐. 그저 일관되게, 예측가능한 점이 마음을 편안하게 해주었다.

특별한 이유 없이 사소한 모든 것이 좋은 게 사랑이더라. 사랑하면 함께 있고 싶고 반대로 사람이 한번 싫어지면 옷

깃만 스쳐도 싫고 같은 공간에 머무르는 것 조차도 고역이다. 이럴 때 극약처방은 물리적 공간을 분리시키는 것. 안 보면 된다. 근데 안 볼 수 없는 관계가 참 많다는 거. 가족, 직장 동료 등 보고싶은 사람만 보면서 살 수 없는 게 현실이다. 사람이 좋지만 사람에게 연연하지 않은 내가 되고 싶다.

남보다 내 자신이 나를 힘들게 할 때도 있다. 내 뜻대로 안되는 나를 마주할 때 내가 참 미워진다. 여러 가지 원인과 이유로 힘들어지다 보면 결국 나의 잘못으로 결론이 날 때가 있으니깐. 어느 정도의 반성은 필요하다만 과한 자책은 자존감과 자신에 대한 믿음을 떨어뜨린다. (이건 정말 위험!)

이 모든 고민에 대한 완벽한 해결책이 있을까?

지금 맺고 있는 인연들도 언제까지 유효할지 모르겠다. 혼자 달려가는 것이 아닌 상호작용의 결과니깐. 오늘도 나는 사람 때문에 울고 웃는다. ⚗️

일로 만난 사이

10년 가까이 직장 생활을 하면서 여러 사람과 인연을 맺고 함께 일했다. 한 건물 안에서 오랜 시간 부대끼지만 아주 친하게 격의 없이 지내는 사람이 있는 반면, 말 한마디 나눠 본 적 없는 사람도 있다. 일을 하기 위해 모여있는 사람들이지만 매일 같이 만나고 함께 있다 보면 정이 들기도 하고, 회사 밖에서 만나 시간을 보내기도 한다. 일과 관련 없이 함께 운동을 한다거나 식사를 한다거나 하다 보면 동료 이상으로 가까워져 마음을 활짝 열고 싶어지는 경우도 종종 있다.

아무리 친한 사이라 할지라도 사회생활을 하며 소위 일로 만난 사이는 사적인 관계와는 다르다고 한다. 일을 하다 보면 마음이 맞거나 내가 좋아하는 사람도 있지만 싫어지는 사람도 있다. 회사가 아닌 곳에서 다른 계기로 만났더라면 미워하지 않았을 사람도 회사 안에서 벌어지는 복잡한 상황 때문에 미워지기도 한다.

나도 모르게 무리를 형성하여 동료를 험담하는 내 자신이 싫었다. 누군가의 험담을 듣는 것도 하는 것도 찝찝하고 꺼려졌지만 조직 안에서 중심을 잡기가 여간 어려운 일이 아니었다. 앞에서는 아무렇지 않은 척 웃으며 대하지만, 뒤에서는 서로를 욕하고 욕먹고 엎치락뒤치락 난장판이 된다. 회사생활을 한 지가 오래된 지긋한 선배나 간부들 조차 이제 갓 들어온 신규직원들을 포함해 후배들을 도마 위에 올리고 마구 평가하며 삼삼오오 모여 이간질을 한다. 그저 묵묵하게 조용히 일만 해줬으면 좋겠는데 목소리를 내고 시키는 일은 왜 해야 하는지 따져 묻는 후배들이 만족스럽지 않아 보였다. 그게 바로 나였을지도 모르겠다.

후배들은 일하지 않고 입만 바쁜 월급루팡 간부 또는 꼰대 선배를 보며 한심해한다. 이토록 불편한 사이에 '소통'이라는 단어는 빛 좋은 개살구 마냥 현실에 적용되지 못한다. 이런 악순환의 소용돌이에 휩싸이지 않기는 하늘의 별 따기였다. 한 곳에 모여 가족보다 많은 시간을 보내는 사이지만 감정의 골은 점점 더 깊어진다. 회사 밖에 나간다면, 적어도 험담의 굴레에선 어느 정도 벗어날 수 있을 것 같았다. 안 보면 그만이니깐.

때론 친밀하고 편했던 사람도 마음이 반전되어 어느 순간 불편해지기도 한다. 사적인 관계와 공적인 관계에서 상대방에 대한 내 마음을 어떻게 다뤄야 할지 아직도 어렵기만 하다.

어찌 됐든 짧지 않은 직장 생활을 하며 나에게 힘이 되어준 사람들도 많았기에 감사하고 미안한 마음을 전한다. 하나를 말하면 둘을 알고, 손과 발이 척척 맞는 동료와 부족한 나를 잘 보듬어준 선배, 서툰 점이 아직도 많은 나를 잘 따라준 후배, 공감대가 깊은 동기들까지. 모두에게 고맙다. 퇴사를 꿈꾸며 마지막으로 건넬 인사말을 수상소감을 준비하는 것처럼 자주 떠올렸다. 퇴직과 퇴사에는 다양한 종류와 이유가 있겠지만 대부분은 정년을 꽉꽉 채우고 마지못해 퇴직한다. 퇴직하시는 분들은 대부분 같은 인사를 하신다.

"그동안 고마웠습니다. 혹여나 저로 인해 상처받은 분이 계시다면 이 자리를 빌려 미안했다고 전하고 싶습니다."

수십 년을 보내며 온갖 희로애락을 겪고 동고동락한 동료들을 떠올리면 결국 미안한 마음과 고마운 마음만 남는다는 것이다.

한 걸음 물러선 자리에서 긴 휴식을 가지며, 머무르던 공간과 시간, 사람들을 바라보면 나 역시도 새로운 시선과 마음으로 여유 있는 태도를 가질 수 있을까. 아직은 하루하루가 어렵고 힘들게만 느껴지는 생활에서 한 호흡 가다듬고 다시 걸음을 이어가고 싶다. ⛩️

바다 걷기

04. 인생실험

실험이 땡기는 이유

가설 세상에 스스로보다 소중한 것은 없다

남이 기준이 되는 삶

MBTIThe Myers-Briggs Type Indicator, 일상생활에 활용할 수 있도록 고안된 자기보고식 성격유형지표가 열풍이다. 주변에서 혈액형 대신 MBTI를 묻기 시작했다. 사람들과의 원활한 의사소통을 위해서는 MBTI가 무엇인지 알아야만 했다. 트렌드에 민감하지 않은 나 조차도 MBTI 검사를 하지 않을 수 없었다. 나의 유형은 ESFJ(엣프제)다.

E는 외향성 선호로, 나는 혼자 있을 때 보다 사람들과 있을 때 에너지를 얻고 즐거워한다. S는 감각형으로 사람이나 사물을 인식할 때 직관보다는 오감에 의존하는 것인데, 추상적인 것보다 세밀하고 확실한 것을 선호한다. F는 감정형으로 이성보다는 감성적으로 생각하고 표현하는 편이며, 나의 경우 사고보다는 극단적으로 감정을 활용하는 사람인 것 같다. J는 판단형으로 목적이 뚜렷하고 체계적으로 움

직이려는 경향이 있어 매사에 계획적인 일상을 꾸려나가려 한다. 외향적이고 감성적인 것이 나의 경향성이지만 회사 생활을 할 때는 외향(E)을 내향(I)으로, 감정(F)을 사고(T)로 바꾸려 있는 힘을 다해 노력했다. 조직에서는 감정을 빼고 조용하고 묵묵하게 일을 하길 바라는 분위기였다. 특히 상사나 간부가 부하직원을 바라보는 시각이 그랬다.

애석하게도 나는 회사에서 바라는 성향을 가진 사람이 아니었다. 하는 일의 특성상 그래야만 하는 상황들이 모여 만들어진 분위기라는 건 알지만 맞추기 힘든 부분이 많았다. 단순하게 회사가 원하는 사람이 된다면 조금 더 회사 생활이 편해질 것으로 생각했다. 힘들게 준비해 들어간 곳이었기에 잘해보고 싶었다. 급기야 본래 내 모습을 회사에서 원하는 방향대로 뜯어고쳐야겠다고 생각하기에 이르렀다. 적응해 보려고 발버둥 치는 나만의 방법이었다. 파도에 부딪히는 돌멩이처럼 여기저기 아팠고 심지어 내 자신이 싫어지고 무력해지는 지경에 이르렀다.

긴 시간 거듭되는 노력으로 나는 원래 나다운 모습과는 다른 모습이 되어갔다. 나의 본래 MBTI 선호 강도는 약해져 갔다. 물론 남이 볼 때는 변화의 정도가 미약해 보일지라도 내가 느끼는 나는 달라지고 있었다. 변화 뒤에 따르는 부작용이 있었다. 어떤 내가 진짜 나인지 모르게 되었고 내 인생을 내가 사는 건지 남이 사는 건지도 혼란스러워졌다. 단단하고 건강하지 못한 내가 되어있었다. 내성적이고 소극적인 동료들을 부러워하며 그들이 하는 행동이 곧 내 기준이 되었다. 점점 주변에서도 알아차릴 정도로 심하게 나 자신이 진정으로 원하는 것보다는, 남과 비슷해지는 것이 목표인 사람이 되어갔다.

책을 읽거나 문화생활을 하거나 맛있는 음식을 먹으면서 소소하게나마 안정을 찾아보려 했지만 내가 나를 돌보지 않고 사랑하지 않은 것에 대한 대가는 호되게 매서웠다. 심리 상담도 처음으로 신청해 보고 선생님과 대화를 통해 해결책을 모색해 보았지만 역부족이었다. 이토록 혼란스러운 나를 잡아주고 해결해 줄 사람은 오로지 나 자신밖에 없었다. 나는 회사 생활을 중단하기로 했다. 나를 살리는 것이 최우선이었다. 🔔

"애석하게도 나는 회사에서 바라는
성향을 가진 사람이 아니었다"

두 가지의 길

나는 흔히 다수가 좋다고 하는 길을 걸어왔다. 일부러 맞추려 했던 것은 아니고, 살아오다 보니 자연스럽게 그렇게 되었다. 내가 할 수 있는 일의 종류에 대해 그다지 탐색해 보지 않았다. 운 좋게(?) 나는 다수와 비슷한 선택을 하게 되었다. 소위 말해 그만하면 꽤 괜찮다는 직업을 택했다. 상류층의 호화로운 삶까진 아니어도 어느 정도 탄탄대로의 인생길이 펼쳐질 거로 생각했다.

어느 순간부터 다수가 좋다고 하는 길이 아닌 상대적으로 소수가 가는 길이 내 앞에 펼쳐지며 두 갈래 갈림길이 생겼다. 나는 계속 전자의 길을 걸으며 새로 생겨난 길을 수시로 곁눈질로 훔쳐보고 있다. 거기에 내 사랑과 영혼이 있는 것처럼. 가고 있는 길과 가고자 하는 길이 다르기 때문에 어느 길로 가야할지 자주 혼란에 빠진다. 갈림길에 외로이 서게 된 나는 혼돈과 혼란 속에 매일이 복잡하고 어지럽다. 회사 밖에 있을 땐 내가 진정으로 좋아하고 해보고 싶은 일이 뭔지, 어떻게 살아가야 할지 확신이 섰다가도 회사에 들어서면 어렵게 정리한 생각은 금세 사라지고 온 몸을 회사에 던져 정신없이 일하게 된다. 이미 그곳에 적응한 몸이 순리대로 살라고 한다. 이랬다 저랬다 한다.

심리학을 공부한 친구 김숲첫 책의 공저자이자 함께 그린 유니버시티를 이끌어 가고 있는 오랜 친구**은 나를 시시때때로 다독여주었다.** 열띤 대화의 장을 열기도 하면서 합의점을 찾아나섰다.

이나무와 김숲의 고뇌의 대화

Q. 사춘기 청년 이나무
여지껏 의심 없이 나아갔던 인생의 길이 지금 와서 흔들리니 이유도 모르겠고 너무 괴로워. 하나의 길로 살아가지 못하는 내가 원망스러워.

A. 심리선생 김숲
길에 대해 두가지 입장이 있다고 생각해.

A : 다수가 원하는 길과 내가 원하는 길의 모습이 일치하는 경우

B : 다수가 원하는 길과 내가 원하는 길의 모습이 다른 경우

A의 상황처럼 다수의 타인이 좋다고 동의하고 인정하는 길과 내가 걷고 있는 길이 서로 일치한다고 굳건하게 믿고 살다가 어떤 사람에게는 한 번쯤 성찰의 시기가 올 수 있다고 생각해. '이 길이 맞나?' 하고 말이지.

혹시 '이건 내가 원하던 길이 아니야'라는 생각이 든다 해도 그 길에서 너무 많은 시간을 보냈다면 돌이킬 수 없다고 느끼기 쉬울거야. 걸어온 길에서 방향을 바꾸려면 살아온 방식을 바꿔야 하니까 정신적으로 혼란스러워지는 거지. 남들이 인정하는 다수의 길과 내가 진심으로 만족하는 인생의 길이 지속적으로 일치하는 사람은 상관없겠지만, 이것이 착각인 걸 깨닫게 되는 날이 찾아오는 사람은 힘들어진다고 생각이 들어.

그래도 용기를 내서 내 길을 찾고, 그 길에 들어서기 시작한다면 자기에게 더 좋은 삶을 언제든 만들 수 있다고 봐. 그러니 한번쯤은 스스로를 믿고 기회를 주는 게 좋을 것 같아.

"그래! 그까짓껏 한 번 뿐인 인생, 용기 있게 내 길을 찾아 나서보자. 하루를 살더라도 내가 잘하는 것, 좋아하는 것을 찾아보고 실험해보는 의미있는 인생을 살기로!"

생각 천 개, 행동 하나

생각은 많은데 결정은 잘 못 내린다. 결정을 못 내리니 행동을 할 수가 없다. 행동을 하면 그에 대한 생각이 일단락 되는데, 행동을 하지 못하니 생각회로가 점점 복잡해진다. 머릿속에 마인드맵핑이 확산되어 거미줄처럼 연결되어 있다.

간신히 복잡한 생각을 정리하고 휴직이라는 나만의 결단을 내렸는데 코로나 사태로 막히고 또다시 원점으로 돌아갔다. 동굴 속에 갇혀 아직 맞닥뜨리지 않은 미래에 대한 경우의 수와 기회비용을 끊임없이 생각했다. 시간은 무심히도 흘러갔지만 답은 내려지지 않았다. 지금 생각해 보면 '답'이라는 해결책은 없었다. 해답은 없고 선택과 그에 따른 책임이 있을 뿐이다. 어떤 선택을 하던 내가 선택해서 파생되어 일어나는 일들을 감당하고 그때그때 해결해 가는 것이 인생인 것 같다. 그렇게 살다 보면 배우는 것도 있고 잃거나 얻는 부분도 생기기 마련이다.

지금 하는 일을 중단 해두고 새로운 길을 시도하는 문제에 대해 꽤 오래 고민했다. 생각이 많은 성향을 바꾸진 못했지만 어느정도 정리는 되었다. 나를 오래도록 괴롭힌 내 안의 무언가는, 오지 않은 미래에 대한 두려움이다.

휴직이든 퇴사든 어떤 결정도 하지 못한 채로 제자리걸음만 내내 한지 오래되었다. 같은 고민이 이어지자 이젠 가까운 지인들에게조차 마음을 털어놓기 망설여졌다. 내 자신이 마음에 들지 않고 자존감도 쭉쭉 떨어지니 자꾸만 주변 사람들에게 근심거리를 토로하고 조언을 구했다.

마음을 가깝게 공유하고 있는 가족과 친구들이 이렇게 이야기했다.

할 만큼 했어. 너에겐 휴식이 필요해.

걱정 마. 뭘해도 먹고 살게 되어있어.

일단 살아야지. 숨 쉬어야지. 나와서 생각해.

회사와 멀어지면 너를 둘러싸고 있는 세상이 다시금 보일거야.

아무리 힘들어도 너를 미워하지 마.

너 자신을 사랑해 주고 존중해줘. 보듬어줘.

나는 육아휴직, 질병휴직 등 아주 합당한 사유가 있는 휴직 외에는 회사를 쉰다는 것이 쉽게 용인되지 않는 조직에서 일하고 있다. 물론 내 인생을 남에게 이해시킬 필요는 없지만, 손가락질과 무언의 보복을 당할 것 같은 두려움이 올라왔다. 그렇다고 이대로 버틴다고 해서 칭찬받지는 않는다. 이런 생각의 고리가 끊임없이 순환했다. 처음 내가 회사를 그만두고 싶다고 했을 때, 속사정을 모르는 사람들의 첫마디는 같았다.

요새 세상에 공무원보다 좋은 직업이 어딨다고 그만두니?
밖은 추워. 나가면 후회할 거야.
회사 나가면 뭐 하고 살 건데? 돈은 있어? 다른 능력은 있고?
나갈 때 나가더라도 대비책을 준비해 놓고 나가야 해.

이런 말들에 사로잡혔다.

조언을 듣고 싶어서 구했지만 중요한 건 내가 중심을 잡지 못하고 마구 흔들린다는 것이었다. 결정하지 못하고 하루에도 수만 번 생각이 바뀌었다. 마구 저울질 중이었다.

'진짜, 그만두면 후회하려나?'

쉬게 되면 하루, 이틀은 해방감을 만끽하다가 넘쳐나는

시간 속에 허우적거리며 내 선택을 후회할까봐 두려웠다. 그 두려움이 내 선택과 결정을 지체하게 했다.

그렇다고 흘러가는 시간에 가만히 나를 맡기기엔 고통스러웠다. 현 직장을 다닌다는 큰 틀은 유지한 채 부수적으로 사부작거리며 이런저런 시도를 해봤지만 해결되지 않았다. 주변 사람들을 힘들게 하거나 나의 부정적인 우울함을 공유하게 될까봐 걱정되었지만, 무엇보다 가장 답답한 건 내 자신이었다.

현상 유지 또는 변화를 주는 것 중 어떤 선택을 해도 나쁜 쪽으로 향하거나 후회가 막심할 것 같은 두려움만 커졌다. 나는 정신만 깨어있지 영혼은 죽은 사람처럼 간신히 몸을 가누고 있었다. 회사에 출근해서도 월급을 받는 만큼 역할을 하지 못하는 것에 대한 자괴감이 들었다. 미리 계획을 세우고 쉬라고 했던 가족들도 이제는 그냥 저지르라고 했다. 탄탄한 계획을 세우고 스텝 바이 스텝으로 나아갈 힘이 없어 보인다고 했다. 엉뚱하게도 결혼이 답이라고 말하는 사람도 있었다.

결국엔 결정과 실행은 나의 몫이었다. 남은 내가 무슨 생각을 하고 어떤 기쁨과 고통을 느끼고 있는지 알기가 힘들기에 조언을 구하는 것도 더 이상 소용이 없다는 것을 알았지만 지푸라기라도 잡는 심정으로 심경을 마구 토해냈다.

그들과 나의 숱한 대화 속에 내려진 결론은,
'인생의 분위기 전환이 절실하다'는 것.

결정이 뭐 그리 힘든 걸까. 쉽진 않을 수 있지만 이러다 허송세월만 보낼까 겁이 났다. 답답한 걸 싫어하고 정리와 확실함을 추구했던 나는 어디로 간 것인가. 계속 입으로 마음만으로 이야기한다. '결정한다, 실행한다.' 말만 청산유수로. 학창시절에도 오지 않았던 사춘기가 30대가 되어서야 찾아왔나 보다. 🔔

"밖은 추워. 나가면 후회할거야"

뾰족한 날들을 사포질하는 법

　쉬고 싶다던 회사도 못 쉬고 시간에 나를 맡겨 무심히 흐르던 중 동료들도 한 두명씩 떠나갔다. 휴직에 들어가는 사람, 인사이동으로 타지역 근무지로 가는 사람. 변동 없이 그대로인 사람들은 기약 없는 비상근무에 지쳐 하기싫다는 아우성이 여기저기서 들려왔다. 물론 각자의 인생은 각자가 결정권이 있겠지만 먹고 살아야하는 문제와 더불어 하고있는 일을 사적인 이유로 갑자기 놓거나 멈춘다는 게 좀처럼 쉽지 않았다.

　나는 점점 모든 일에 자신이 없어졌다. 겉으로 보기엔 밝고 잘 지내는 듯 보이겠지만 속은 시커멓게 썩어 들어가고 있었다. 하고싶은 건 마음먹었을 때 했어야 하는데 그러지 못한 채 맞지 않는 옷을 입고 살아가는 불편한 나날이 이어졌다.

나는 뾰족해졌다. 더욱 예민해지고 방어적인 사람이 되어가고 있었다. 어쩔 땐 내 스스로를 감당할 수 없어서 모든 것을 포기하고 놓고 싶었다. 동시에 이면에서는 이겨내보려는 노력을 사소하게나마 하고 있었다. 매일 아침 눈을 뜨면 건강히 살아있어줘서 그 자체로 고마웠다. 일터에 나가서 정상적인 삶에 묻혀 지내도록 노력하는 내 자신이 대견스러웠다.

직장에서 일을 하고 집에오면 사람들 모르게 종일 연극을 한 기분이 들었다. 무엇이 나인지 분간하기 힘들었다. 회사에 이런저런 불만이 생기고 표출하는 내가 싫었다. 사람이든 체제든 어느 하나에 부정적이고 나쁜 생각이 드는 날이면 퇴근하고도 심신의 안정을 쉽게 되찾지 못했다. 참을 인을 되새기고 출근해도 똑같은 도돌이표의 괴로움이었다.

인간관계도 일도 모두 버거웠고 주변의 시선을 과도하게 의식했다. 심지어 내가 조직에 맞지 않는 사회 부적응자 같다는 결론을 자주 내렸다. 전쟁이 나고 산불이 나고 수년간 가꿔온 곡식이며 가축, 집을 잃은 고통을 이겨내고 있는 사람도 있는데 거기에 비할 바 못 되는 이유로 힘들어하는 내가 너무 미웠다. 내가 나를 이해하지 못하는데 타인에게 이해를 바라는 것은 더욱 무리였다.

주말에 틈을 내 내가 좋아하는 독립서점에 갔다. 거기서 마음의 평온을 얻고 책을 구입하면서 소소한 행복을 찾으며 마음을 달랬다. 가장 많이 손이 가고 읽게 되는 책은 나와 같은 사례를 어떻게 극복했는지 그 경험을 담은 책이었다. 덕분에 극복방법은 어느 정도 학습했는데 실행에 잘 옮겨지지는 않았다.

걷기도 했다. 걷기는 비용이 들지 않고 마음만 먹으면 언제 어디서든 할 수 있다는 점이 좋았지만 마음먹기가 가장 힘든 것이었다. 그래서 다들 어렵게 번 돈을 소비하면서 운동이나 취미생활에 도움을 받는 것임을 다시 한번 깨달았다. 걸으면서 천천히 보이는 세상의 풍경과 여유로움이 좋았다. 날씨가 추우면 추운대로 차가운 칼바람도 목캔디 같은 매력이 있었다. 하루에 만보걷기 챌린지를 하기도 했다. 만보를 채우는 날엔 스스로에게 칭찬을 해주었다.

유산소 운동이 좋았다. 지인의 추천으로 테니스를 시작했다. 처음엔 공 조차도 맞추지 못했는데 꾸준히 다니면서 공에 힘이 붙었다. 공을 힘껏 칠 때 쾌감으로 스트레스를 풀었고 더 잘하고 싶어져서 공통의 관심사를 가진 사람들도 찾아다녔다. 한때 수영에 빠져 꾸준히 다녔던 시절이 있었다.

다시 시작해보고 싶었지만 코로나로 수영장 운영과 개방에 차질이 있었고 비상근무에 영향을 끼칠 걱정이 되어 마스크를 쓰고 야외에서 무리 없이 할 수 있는 운동으로 선택 한 종목이 테니스였다. 운동이 주는 효과와 심신의 변화들이 좋았다. 육체적으로 튼튼해지는 건 더 말할 것도 없고, 정신적·심리적으로 주는 이점들이 많았다. 기분이 좋아지고 상쾌해지며 긍정의 기운이 올라왔다.

뾰족해진 나를 이렇게나마 사포질하고 있었다. 더불어 내 자신에 집중하고 사랑해 줄 수 있는 몇 안되는 방법이었다. 물에 빠져 허우적거리는 나를 간신히 얼굴만이라도 물 밖으로 꺼내어 숨을 쉬게 해주고 싶었다. ⚗️

공무원이 아닌 사람이 더 많아요

집-회사 패턴을 반복하다 보니 만나는 사람도 제한적이다. 나의 인간관계는 크게 회사 사람, 가족, 친구로 나뉜다. 여기서 확장하지 않으니 내 세계가 점점 좁아지지만 익숙함에 속아 잘 알아차리지 못한다. 직장 생활 3년 차 쯤, 매너리즘이 찾아왔다. 3·6·9 법칙 중 첫 단계에 드디어 진입한 것이다. 어떻게 들어온 직장인데 쉽사리 관둘 마음을 먹지 못하는 게 당연했다. 워크(Work)와 라이프(Life)의 균형을 맞추기 위해 취미생활을 찾으려 애썼다. 그러던 중 내 마음을 흔든 건, '내 책을 만들어보는 것'이었다. 책을 만드는 과정과 출간 후의 관련 행사를 준비하면서 다양한 직군의 사람들을 만났다. 공무원 세계 말고도 다양한 세상이 있다는 걸 새삼 확인했다.

"어떤 일 하세요?"

처음 알게 된 사람과 필수적으로 주고받는 질문이다. 조금 실례될 수도 있지만 사람을 처음 만났을 때 가장 궁금한 부분 중 하나이다.

어떤 일을 직업으로 삼는지는 꽤 중요하다. 어떤 일을 하는지는 삶의 많은 부분에 영향을 주기 때문이다. 여러 가지 이유와 가치관의 반영으로 자신의 일을 선택하기에 직업에는 그 사람의 인생관이 함축적으로 담겨있다고 본다. 지금 내가 하는 일도 처음 선택할 땐 나름의 이유가 명확했다. 시간이 흐르면서 초심을 잃고 막상 해보니 생각지 못했던 부분들도 많아서 힘이 빠졌을 뿐이다.

직업이나 직장에 대한 새로운 실험을 감행하기로 한 이후, 나는 사람들의 직업이나 직장에 대해 궁금한 마음에 다양한 직업군의 사람을 만나며 질문을 한다.

그 일에 만족하는지,

어떻게 그 일을 선택하게 되었는지,

자신의 일에 대해 어떻게 생각하는지.

내 고민에 대한 지혜를 얻고자 하는 간절한 마음에서다. 다양한 사람들의 삶에 대해 듣고 관찰하며 경직되지 않는

유연한 시선이 조금씩 자리 잡고 있는 듯하다. 많은 이야기를 수집하며, 실험의 끝에는 나만의 이유 있는 '내 일'이 생기기를 소원한다. ⚗️

"어떤 일을 하는지는 삶의 많은 부분에 영향을 준다"

이나무가 만난 나무천국

Yellow Stone National Park

미국 와이오밍주(州)와 몬태나주, 그리고 아이다호주에 걸쳐 있는 세계 최초의 국립공원이다. 대한민국의 경기도만 한 크기의 거대한 공원이다. 미국은 수많은 국립공원이 결코 특정 개인이나 단체의 사유지가 되어서는 안 된다며 '국민 누구나 이용하고 즐거움을 누리게 해야 한다'는 굳은 결의를 가지고 '공공 공원'으로 가꿔가고 있다.

옐로스톤이라는 이름은, 황 성분이 포함된 물에 의해 바위가 누렇게 된 이유로 붙여진 것이다. 뜨거운 지하수를 하늘 높이 내뿜는 많은 수의 간헐천을 비롯한 여러 가지 종류의 온천들이 1만여 개나 존재한다. 옐로스톤 천혜의 비경은 그야말로 대자연의 경이로움 그 자체라 말할 만큼 신비로운 곳이다. 철마다 야생화로 덮이는 대초원 곳곳에는 늑대, 아메리카들소, 곰, 사슴 등의 야생동물뿐만 아니라 독수리, 매 같은 맹금류도 많으며, 1978년 유네스코 세계유산에 등재되었다.

옐로스톤 입구에서 나눠주는 종이 지도와 GPS에 의존하여 광활한 공원을 인터넷 연결 없이 여행하여야 하기에 진정한 '디지털 디톡스'를 경험해 볼 수 있다.

05. 배짱실험

새로운 실험의 설계

가설   누구에게나 잠재된 능력이 있고
그것을 발견해주는 건 나 자신이다

취미가 일이 된다면

    최근 3년 정도 사이에 확고한 취향이 생겼다. 미국 국립공원 여행을 계기로 시작되어 코로나 직전 휴가 때, 핀란드를 다녀오고 나서부터 생긴 취향이다. 숲과 산 같은 초록을 좋아하게 됐고 자연과 함께하는 활동에 관심이 커졌다. 대자연을 품은 옐로스톤 국립공원에 가서 큰 충격과 설렘을 경험하며 자연의 경이에 감격했다. 미국의 광활한 자연은 가히 신비로웠다. 또 핀란드의 자연은 소박하고 다정하며 편안해 좋았다. 미국과 핀란드의 느낌은 매우 달랐지만 두 나라 모두 국립공원의 운영 방식, 자연과 동물을 대하는 자세와 철학이 가슴 깊이 새겨져 틈틈이 일상의 경험을 따라다녔다.

    시간과 돈이 허락한다면 1년만, 6개월 만이라도 국립공원과 같은 자연 속에서 살아보고 싶었지만 시간, 돈 중 무엇

하나 허락되지 않았다. 돈도 벌면서 좋아하는 일을 할 수 있다면 얼마나 좋을까 생각했다. 그러려면 좋아하게 된 일로 수익을 창출할 수 있는 '능력'이 필요했다. 현재 생업으로 하는 일은 학업과 경험으로 전문성을 길러왔기에 할 수 있는 일이었다.

'좋아하는 일을 좋아하는 곳에서 좋아하는 사람과 한다는 건 불가능한 꿈인 걸까?'

일반적인 경로가 그렇듯 나는 초·중·고등학교, 대학교를 거쳐 지금의 직장에서 일하고 있다. 내 경로에 별다른 의심이 없었고 보통의 길을 이탈하고 싶지 않았다. 평생 그럴 것이라 확신했기에 인생을 두고 무모한 실험을 하고 싶어질 줄은 몰랐다. 안정된 길을 두고 왜 험난한 길로 가려는지 나도 영문을 알 수 없었다.

생업을 박차고 나와 새로운 일을 시작해 보기에는 명확히 어떤 일을 어떤 방향으로 해야 할지 구체적으로 그려지지 않았다. 그렇기에 현재가 힘들어도 무작정 그만두거나 휴직할 수 없다는 자신만의 변명을 하고있었다. 두리뭉실하게만 존재하던 망상에 가까운 생각들이었는데, 그럼에도 포기하지 않고 조금씩 무엇이든 활동을 시도해 보니 서서히 내가 만드는 일의 윤곽이 생기기 시작했다.

그린 유니버시티는 '마음과 일상의 초록'을 만드는 출판 콘텐츠와 라이프 프로그램(커뮤티니, 클래스)을 상품으로 제공하고 있다. 자연과의 연결감을 느끼고, 지구 환경을 돌보는 일에 동참하는 활동이나 프로그램도 만들고 있다. 같은 분야에서 주업으로 하루 대부분의 시간을 쏟는 사람만큼 속도나 성과가 나지 않고 경험도 아직 많지 않지만, 투자한 시간과 노력에 차이가 있으니 당연한 일이다.

나의 실험실, 그린 유니버시티는 느리지만 오래오래 사부작거렸다. 그동안 가볍게 흥밋거리로 접했던 일들을 점점 더 꽤 진지하게 생각하게 되었다. '그린 유니버시티'라는 사업자도 냈고 작업실도 얻었으니, 실재하는 회사가 된 것이다.

지금 공식적으로 몸담고 있는 회사는 월급과 정년보장, 연금 같은 복지가 안정적이지만 내 마음 속에서 불안과 불만이 사라지지 않았다. 의견이 있어도 자유롭게 이야기할 수 없었고 오래도록 불편했다. 많은사람들이 함께 일하는 회사에서는 모두가 자기 의견만을 주장하고 하고 싶은대로 한다면 원활하게 유지되지 못해 의견을 내는 것에 한계가 있다는 것을 이해하기에, 하고 싶은 발언도 늘 참아야 했다. 모두들 출근하자마자 '집에 가고 싶다'고 마음속에서 외치지만 '버텨야 한다. 그래야 먹고 산다. 이게 최선이다.'라는 일념 하나로 매일 출근한다고들 했다. 물론 사람에 따라, 같은 사람도 시기에 따라 예외적인 마음인 사람도 있다.

그런 점에서 그린 유니버시티는 자유로운 의견 개진과 다양한 일을 자유롭게 시도해 볼 기회가 있다. 그린 유니버시티를 느리지만 의미와 재미를 실현하는 실험실로 활용하고 있다. 비록 아직은 생계를 위해 생업을 병행해야 할 테고, 녹록치 않은 현실에 다 놓고 싶은 생각이 드는 순간이 올지도 모른다. 그럴 때마다 나는 이렇게 생각하기로 했다.

'거칠고 매서운 사회 속에서 사회생활을 혹독히 하며, 그린 유니버시티에서 실험해 볼 기술을 연마하는 중'이라고, 사실 나는, '그린 유니버시티'에서 이 사회로 잠입한 깜찍한(?) 스파이 인 것이다. 🧪

긴급 대책 마련

나는 급변하는 이 시대와 빨리빨리 나라의 정서와 맞지 않게 느리고 생각도 많다. 어떤 일에 착수할 때까지 굉장한 워밍업 시간이 필요하다. 자타공인 느림보다. 김숲과 나 이나무는 서로를 거북이와 달팽이라고 부르기로 했다. 그렇다고 게으르거나 집순이하고는 거리가 멀다.

둘러싸고 있는 현실이 우리와 맞지 않는다고 해서 불평만 늘어놓을 순 없는 일이다. 하여 대책 마련을 해보기로 했다. 크게 '단기 플랜'과 '장기 플랜'으로 나누어서. 우선 가장 1순위는 먹고살 걱정이었다. 필수 생활비가 끊기면 안 되기 때문에 초기에는 생업을 유지하되 단기로 야금야금 변화에 도전하면서 결국엔 장기적인 목표에 도달하는 것.

생업을 하고 그 외 시간에 그린 유니버시티와 관련된 일을 하며 아주 적은 수입이라도 얻어 갈 길을 모색하는 것이다. 김숲은 아이디어가 많고, 기획력이 있다. 반면 나는 궁금증이 많고, 내가 좋아하는 것에 남들이 관심을 갖도록 설득하거나 설명하는 일을 잘한다. 따지자면 김숲은 기획팀장, 이나무는 홍보·소통팀장인 것이다. 이런 장점들을 서로 잘 발휘할 일이 무엇일까 틈만 나면 머리를 굴린다. 이제야 제대로 나를 탐색하는 기분이 든다. 더 이상 배치표나 점수에 나를 맡기지 않을 것이다!

스텝 바이 스텝으로 조금씩 실행해 보고 있다. 더디더라도 꾸준하게. 우리는 포기하지 않기로 했다.

- Slow & Staedy
- Pour your heart into it
- A.S.A.P(AS SLOW AS POSSIBLE)
- Work and Stay Wherever You Like 🏔

"Slow & Staedy"

"Work and Stay Wherever You Like"

드 림 루 트

집을 소유하고 싶은 건 많은 사람들의 바람 중 하나다. 한국의 집값은 걷잡을 수 없이 치솟고 있어 보통의 젊은 세대는 당장은 부모의 도움 없이 현실적으로 집을 살 수 있을 가능성은 희박하다. 높은 금액만큼 썩 맘에 드는 집도 찾아보기 힘들다. 조용하고 자연과 가까운 쾌적한 환경에 있는 집을 원하지만 그러려면 편의를 포기해야 하는 큰 부담을 감수해야 한다. 어떤 곳에 살아볼지 선택의 자유가 있기에 지금은 허무맹랑할지 몰라도 핀란드에 직접 집을 짓는 걸 먼 미래의 목표로 두었다.

핀란드는 숲과 호수의 나라로 세계에서 가장 나무가 많은 초록한 곳이다. 우리나라 인구의 1/10정도, 그러니깐 부산의 인구 정도가 남한 영토의 3배가 되는 면적에 살고 있는 조용하고 작은 나라이다. 행복 국가, 청렴 국가로 알려진 북유럽의 녹지가 궁금해 무작정 여행을 갔다가 사회 전반에 깔린 복지시스템에 반해 자체 연수를 기획할 만큼 핀란드에 꽂혔다. 흔히 말하는 유럽의 이미지 같은 화려함보다는 환경에 친화적이고 오래 쓰는 가치를 추구하는 저자극 고순도의 나라였다. 가장 소중히 여기는 자원이 '사람'이라고 여기며 국민 어느 한 명이라도 소외되지 않도록 튼튼한 공교육과 제도로 사람마다 가진 재능을 끌어내 주고 있었다.

핀란드는 나에게 특별한 의미가 있는 나라이다. 더 자세한 사항은 김숲, 이나무가 40여 일간 경험하고 조사한 내용을 정리하여 만든 『모이 핀란드』와 떡볶이보다 초록이 땡기는 이유를 담은 『초록이 땡긴다』 책을 참고하면 좋다.

과도한 우려라 해도 나는 최근에 부실 공사와 건설 관련 비리로 더 이상 어느 집이건 안전하다고 믿을 수가 없다. 튼튼함보다는 빨리 지어 올리는 것에 더 초점을 두는 것 같다. 최고급 아파트여도 인테리어와 외관에 조금 더 비싼(또는 비싸 보이는) 자재를 쓸 뿐이다.

아파트만 우후죽순으로 지어대는 주거문화가 썩 맘에 들지 않는다. 핀란드의 주거문화는 어떨까? 핀란드에서는 집에 살 사람이 직접 집을 짓거나 설계에 관여하는 경우가 흔하다 한다. 우리에게 익숙한 북유럽 스웨덴 가구 회사인

이케아에 조립 가구와 집안 곳곳에 필요한 직접 설치가 가능한 물건들문손잡이, 수도꼭지, 문 등을 판매하는 이유가 여기에 있었다. 학교에서도 스스로 집을 짓고 수리 하는 방법을 배운다고 했다. 매사 까다로운 나는 내 입맛에 맞는 집을 원하는 환경에 직접 지어 그들처럼 살아보고 싶어졌다.

그린 유니버시티는 농담반 진담반으로 핀란드에 사옥을 지어보자고 말했다.

1층: 북카페&클래스룸

2층: 작업실

3층: 홈

1층에 우리가 세상에 내어놓고 싶은 상품을 판매하거나 커뮤니티 공간이 마련된 스토어를 열고, 2층에 그린 유니버시티 일에 대해 연구하고 실험할 작업공간을 꾸리고, 3층에 주거 가능한 집의 형태를 상상해 보았다. 사옥은 대기업에만 있는 게 아니다. 우리도 사옥을 가지고 복지를 누릴 수 있다. 그린 사옥에서 돈도 벌고 꿈도 키우며 안락한 거주도 한다. 주변엔 빡빡하게 들어선 높은 건물 대신 나무와 숲 같은 초록이 함께하고 호수나 바다가 가까우면 더할 나위 없겠다. 내가 꿈꾸는 모든 것이 그린 사옥에 담겨있다.

그린 유니버시티는 '안될깝세경상도 말로 '안되더라도', 고스톱에 서는 못 먹어도 '고'의 의미 꿈이라도 꿔보자'는 말을 종종 한다. '사람은 희망이 있어야 한다'는 지론이라서다. 그린 사옥으로 다가가는 길을 희망의 '드림 루트'로 삼았다. 그 길을 향에 오늘도 조금씩 나아가고 있다. 상상이 현실이 되는 그날까지. 🏺

🔍 그린 사옥(GREEN HOUSE)

© Unsplash Leo_Visions

Green
Univ.

Home

Atelier

BookCafe
&
Classroom

내 손으로 지은 집

나에게 선물하는 안식년

나는 이제 좀 쉬려고 한다. 쉰다는 건 현재 몸 담고 있는 회사와 타지 생활을 잠깐 멈춘다는 거지, 집에서 누워서 뒹굴뒹굴 잉여 생활을 하겠다는 게 아니다. 성향상 집순이도 아닐뿐더러 단지 지금까지 살아온 패턴 이외의 삶을 살아보고 싶은 것이다.

선택에 따라 잃는 것과 얻는 것이 있을 거라는 걸 안다. 사실 '잃는 것, 얻는 것'이라고 표현하고 싶지 않다. 대신 '경험할 수 없는 것, 경험할 수 있는 것'으로 말하고 싶다. 시간은 제한적이고 동시에 모든 것을 경험할 수 없다. 선택하지 않음으로써 느끼는 기분과 상황도 하나의 경험이라고 생각한다. 가령 내가 1년을 지금과 같이 회사에 남기로 선택하는 것과 다른 길을 선택하면서 따라오는 시간, 공간, 느낌 모두 다르다.

지난 2년을 코로나와 함께 했다. 스쳐 가는 정도가 아닌, 코로나 방역 일선에서 몸소 부딪히며 싸웠다. 그동안 개인적으로는 어렵게 결정하고 실행하려 했던 '영혼정화연수'가 불발되고 주저앉기도 했다(전작 '초록이 땡긴다' 참고). 이미 다녀오고도 남았을 2년을 그렇게 내 선택이나 의지와 상관없이 흘려보냈다. 그 대가로 회사에선 호봉이 올라가고 연차도 쌓였고 새로운 인연들도 만났다. 원래 계획했던 대로 진행됐으면 지금의 나는 어떤 생각을 하며 어떻게 살아가고 있을지 궁금했다. 아직 회사에 다니고 있을지, 지금보다는 새롭고 즐거운 직장생활을 하고 있을지 모를 일이다. 하지만 그뿐, 되돌릴 수도 없고 가정과 후회만으로 고뇌에 잠겨있기에는 내 젊은 시간이 더 아까워질 수 있다. 앞으로 나아가는 일만 있을 뿐이다. 다가올 시간에 대한 대책을 세우고 내가 처한 상황에서 가능한 선택을 하는 게 더 현명하다.

나도 '안식년'에 들어간다.
흔히 교수들에게만 합법적인 안식년이상한 시선으로 바라

보지 않는 합당한 휴식시간이 주어지고 인정받는 세상은 아니었으면 한다. 인생은 소중한데 30년을 쉬지 않고 한 가지 일에만 매달리고 싶지 않다. 그렇다고 나와 다른 선택을 한 사람들을 틀렸다고 말하는 것은 아니다. 서로의 가치가 다를 뿐이다. 그동안 했던 일의 양이나 종류와 상관없이 휴식이 필요하다면 누구라도 잠시 쉬어갈 수 있었으면 한다.

쉴 수 있는 자격이나 당위라는 건 없다. 단지 내 필요나 판단에 의해 결정할 뿐이다. 그 누구도 쉽게 타인의 선택이 옳고 그름을 판단하지 않았으면 좋겠다. 그저 각자의 선택을 응원해 주고 힘들 때 고민을 나누며 마음속 이야기를 서로 편하게 털어놓을 수 있다면 좋겠다. 🏔️

"선택에 따라 잃는 것과 얻는 것이
있을 거라는 걸 안다"

마침내 퇴사

　　대학교와 대학원에서 공부한 시간과, 배운 지식을 활용해 한 분야의 일을 해온 시간을 합하면 15년 정도 된다. 무려 15년을 지속해 왔던 분야지만 더는 큰 흥미가 없고, 나에게 발전 의지도 없는 것 같아 회사에 있는 종일의 시간이 아까웠다.

　　그래서 나는 멈추었다. 코로나가 일상이 되고 사태가 진정되면서 재차 휴직을 선언함과 동시에 여태껏 살면서 가장 많은 욕과 비판을 들었다. 잘 지내던 동료와 이간질도 당하고 사람의 악랄함을 발견하는 새로운 계기가 되었다. 괴로웠지만 그 굴레를 벗어나니 이내 숨을 쉴 수 있었다.

　　돌이켜 생각해 보면 마지못해 다니는 회사지만 나갈 용기는 나지 않으니 고통을 함께 했으면 좋겠는데, 무리를 이탈하려는 내가 미웠을지도 모르겠다. 내가 자유로워지는 것에 대한 막연한 시샘인 것 같기도 하다. 나를 걱정해 주는 건 고마웠지만 다른 곳에, 다른 세상에 가보지 않은 자가 '어디를 가든 다 똑같다'고 하는 말을 신뢰할 수 없었다.

어렵게 얻은 소중한 1년의 시간을 누구보다 가치 있게 보내고 싶어졌다. 무급휴직이라 월급이나 수당은 나오지 않았지만, 그만큼 회사와 멀어지고 자유로워짐을 느꼈다. 내가 해보고 싶은 것, 할 수 있는 것들을 차근차근 해보면서 마음이 시키는 대로 천천히 나아갔다.

회사를 나오고 감시와 비교가 사라지니 다시 외향적인 나로 살 자유를 되찾았다. 그동안 나의 외향성 때문에 회사 생활이 힘들었다. 휴직을 했으니 직장생활을 종일 할 때와 달라진 점이 많았다. 우선 하루 24시간이 온전히 내 것이 되었다. 당장 강도 높은 일을 하지 않아도 몸과 마음의 건강을 챙기기 위해 운동은 꾸준히 하려고 애썼다. 질 높은 생각하는 시간이 많아졌고 사회생활을 하며 영향을 받던 수많은 변수는 통제되고 순수하게 나와 관련된 소재의 고민거리들을 해결하는데 시간을 마음껏 쏟아 충분히 생각하고 결정해 행동할 수 있게 되었다.

1년이 지났다.

.

.

.

나는 마침내 퇴사를 했다. 🧪

"우선 하루 24시간이 온전히 내 것이 되었다"

실험 결과

실험 결과

실험 01. 재능실험

가설 내가 가보지 못한 세계는 무궁무진 할 것이다

결과 없는 줄 알았던 나에게도 재능이 있었다

실험 02. 인내실험

가설 참고 미루다 인생이 끝날 것 같으니
인생 실험을 서둘러야 한다

결과 미래를 위해 현재를 희생하지 않기로 했다

실험 03. 사회실험

가설 사회생활과 인간관계는 본디 어려운 것이다

결과 적당한 거리, 그것이 사회생활의 기본이다

실험 04. 인생실험

가설 세상에 스스로보다 소중한 것은 없다

결과 그저 나답게 사는 것이 최선이다

실험 05. 배짱실험

가설 누구에게나 잠재된 능력이 있고
그것을 발견해주는 건 나 자신이다

결과 시키는 일이 아닌 스스로 찾고 만들어가는 일로
내일을 열어 갈 수 있다

에필로그

실험은 계속된다

오랜시간 재고 따지고 고민했다. 수차례 저울질하면서도 내면의 소리를 무시하지 않았고 결국엔 회사를 뛰쳐나왔다. 새로운 선택에 훗날 실망하더라도 해보고 후회하는 편을 택하고 싶었다. 나는 무난한 공무원으로 30년 정년퇴직의 길을 가기엔 이미 틀렸다고 생각했다. 아직 평균수명의 1/3 정도밖에 살지 않았지만, 인생에서 끓어오르는 열망의 순간은 쉽게 찾아오지 않는 것을 알기에 이 순간을 누리기로 했다.

안정적인 것들을 손에서 쉽사리 놓치못해 머리와 입으론 툴툴댔지만, 긴 시간 돌이켜보니 야금야금 항상 뭔가를 하고 지냈더라. 이제는 현실에 부딪혀 잠시 무너졌던 몸과 마음을 조금씩 일으킨다.

내 인생에 공직생활의 기간을 터닝포인트로 삼고 싶다. 그동안 가장 안전한 곳에서 단련의 시간을 겪으며 이제는 더 강인하고 단단한 마음으로 인생을 실험할 준비를 다시금 하고 있다. 직장에서 일로 하던 실험이 아닌, 새로운 인생을 위한 실험 말이다. 지금 나는, 실험이 땡긴다! 🧪

부록

＊사직원

＊인생 실험 십계명

＊인생 실험 보고서

＊인생 부적

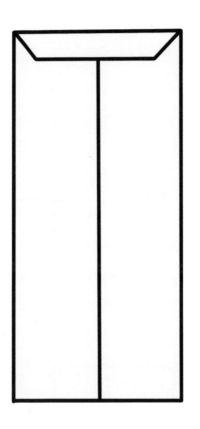

사 직 원

○ 소 속 :

○ 직 위 :

○ 직 급 :

○ 성 명 :

○ 생년월일 :

　상기 본인은　　　사유로　　년　　월　　일부로
사직코자 하오니 청허하여 주시기 바랍니다.

　　　　　　　　　　년　　　월　　　일

　　　　　　　　　　　성 명　　　　（서명）

_____ 귀하

실험이 땡긴다 🧪

바들바들 공무원 퇴사 감행기

초판 1쇄 발행 2024년 3월 15일
초판 3쇄 발행 2024년 9월 7일

글,사진 이나무
기획,편집,디자인 김숲 & 이나무
펴낸이 김숲 & 이나무
펴낸곳 그린 유니버시티(Green University)
출판등록 2020년 11월 20일 제2020-000043호
주소 부산 해운대구 좌동로 166 A동 104호
이메일 greenuniv.2020@gmail.com
인스타그램 instagram.com/green_univ
홈페이지 www.greenuniversity.kr

어떤 것을 시도할 용기가 없다면
인생이 무슨 의미가 있겠는가

-빈센트 반 고흐-

이나무의 인생실험 십계명

하나. 기록하고 글쓰는 습관을 가져본다.

둘. 여유롭게 걷는다. 건강해진다. 행복해진다.

셋. 재밌는 일들을 시도하며 재능을 발견해본다.

넷. 욕심내지 않고 만족하는 법을 배운다.
　　　더불어 사소하거나 당연한 것에 감사해본다.

다섯. 꼭 필요한 것만 소비하고 소유한다.

여섯. 실험 정신으로 무장하여 하고싶은 것을 최대한 해본다.

일곱. 내가 한 선택이 나에게 언제나 최선이었다고 생각한다.

여덟. 등산, 트레킹 등 자연과 자주 만난다.

아홉. 과도한 걱정은 금물! 미래보단 현재에 살아본다.

열. 자신을 믿고 사랑한다. 🩶

당신은 무엇을 실험하고 싶나요?

Lab Report

인생 실험 보고서

실험명: 실험자:

실험주제	
실험기간	
실험목적	
실험내용	
실험과정	
참고자료	
실험결과	
실험고찰	

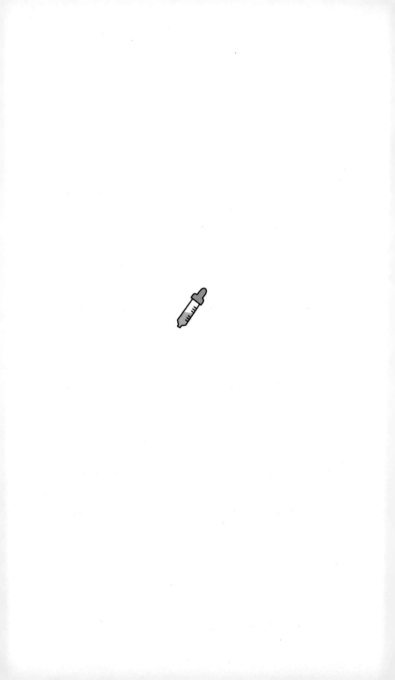

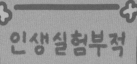

인생실험부적

인생실험 부적을 받은 당신은
이제부터 자신의 인생을 실험대
위에 놓고, 신이나는 마음으로
재미 있고 다채로운 인생경험을
멋지게 해냅니다.

🔍

언젠가, 그러나 반드시 있을

여러분의 인생 실험을 응원합니다